Lydia Davis

楚尘
文化
Chu Chen

北京楚尘文化传媒有限公司 出品

故事的终结

The End of the Story

［美］莉迪亚·戴维斯 著

小二 译

中信出版集团｜北京

图书在版编目（CIP）数据

故事的终结 /（美）莉迪亚·戴维斯著；（美）小二译 . -- 2 版 . -- 北京：中信出版社，2024.6
（莉迪亚·戴维斯系列作品）
ISBN 978-7-5217-6402-4

Ⅰ . ①故… Ⅱ . ①莉… ②小… Ⅲ . ①长篇小说－美国－现代 Ⅳ . ① I712.45

中国国家版本馆 CIP 数据核字 (2024) 第 044983 号

THE END OF THE STORY
Copyright © 1995 by Lydia Davis
Published in agreement with Denise Shannon Literary Agency,
through The Grayhawk Agency Ltd.
Chinese Simplified translation copyright © 2024 by Chu Chen Books.
All Rights Reserved

故事的终结
著者：　　［美］莉迪亚·戴维斯
译者：　　小二
出版发行：中信出版集团股份有限公司
　　　　　（北京市朝阳区东三环北路 27 号嘉铭中心　邮编　100020）
承印者：　河北鹏润印刷有限公司

开本：880mm×1230mm 1/32　印张：9.75　　字数：183 千字
版次：2024 年 6 月第 2 版　　　印次：2024 年 6 月第 1 次印刷
京权图字：01-2017-4009　　　　书号：ISBN 978-7-5217-6402-4
　　　　　　　　　　　　　　　定价：65.00 元

版权所有·侵权必究
如有印刷、装订问题，本公司负责调换。
服务热线：400-600-8099
投稿邮箱：author@citicpub.com

最后一次见到他时，当时我并不知道那会是最后一次，我正和一位朋友坐在阳台上，他流着汗走进院门，脸和胸脯泛着粉红，头发湿漉漉的，礼貌地停下来与我们交谈。他蹲在漆成红色的水泥地上，或是坐在木条长凳的边上。

那是六月里炎热的一天。他一直在把我车库里属于他的东西往一辆皮卡车的后厢里搬。我觉得他会把这些东西运到另一间车库里。我还记得当时他的皮肤涨得有多红，但是对于他的靴子、他蹲着或坐着时粗壮白皙的大腿，还有他脸上因为要与两位对他一无所求的女士交谈而一定会做出的诚恳友好的表情，我却只能借助想象了。我知道当时自己很想知道他对我和我朋友的看法，我俩跷着脚坐在帆布躺椅上，由于我朋友在场，他可能会觉得我甚至比我的实际年龄还显得老，不过他也可能觉得我那样更有魅力。他回到屋里喝了点水，然后出来跟我说他搬完了，准备上路了。

一年过后，就在我以为他已经把我彻底忘掉了的时候，他给我寄来一首法文诗，是他手写抄录的。尽管信是写给我的，就像一封信那样，用我的名字开头，并像结束一封信那样用他的名字结尾，但是除了这首诗，信里并没有只言片语。一开始，当我看见信封上是他的字迹时，我以为他是想归还欠我的钱，三百多块。我没有忘记那笔钱，因为当时我的情况发生了变化，我需要那笔钱。尽管他把那首诗寄给我，但我不确定他想借助那首诗对我说些什么，或者我应该怎样解读他的用意，又或者他是怎样利用这首诗的。信封上留有回信地址，所以我觉得他或许期待我的回复，但是我不知道应该怎样回复。我不认为我可以寄给他另外一首诗，我不知道怎样写才能够回应那首诗。几周过后，我找到了回复方式，告诉他收到他来信时我的想法，我本来以为它是什么，又怎样发现并不是那么回事，我是怎样阅读它以及对他寄一首描写离别、死亡和重逢的诗给我所做的猜测。我把这些以小说的形式写了下来，因为这似乎与他寄来的诗一样不夹带个人情感。我还随信附上了一张便条，说明我写这篇小说有多艰难。我把回复按照信封上的地址寄出，但却再也没有收到他的回音。我把他的地址抄到我的地址本上，擦掉一个他早先的已经失效很久的地址。他的地址没有一个能够维持长久，由于经常擦改，地址本上记录他地址的地方已经变得又软又薄了。

■

又过了一年。我与一位朋友去沙漠旅行，那里离他曾经住过的城市不远，我决定按照他最后的地址去找他。到彼时为止这趟旅行并不愉快，因为我觉得我和同行的那个男人之间有种奇特的疏离感。第一天晚上我喝多了，对月光下的地形失去了距离感，醉醺醺地试图跳进白色的石头坑，在我看来那些石头坑就像枕头一样柔软，他则想法子阻止我。第二天晚上我躺在汽车旅馆的床上喝着可口可乐，几乎没和他说一句话。我把接下来的那天上午全部耗在了一匹老马的背上，它走在一条长长马队的最后面，我骑着它缓慢地爬上山，钻进一条山缝，再下山，他则生气地开着租来的车子，从一个岩层开到另一个岩层。

一出沙漠，我们的关系又变得融洽了，他开车的时候我大声地念一本写关于克里斯托弗·哥伦布的书给他听，但是越接近城市，我越是心事重重。我停止了朗读，看着窗外，可是只注意到我们到达海边时我看到的一些零碎片段：延伸到水边长满桉树的峡谷；坐在一块坑坑洼洼的白石灰岩上的黑鸬鹚，那块岩石已被风化成沙漏的形状；架着过山车的码头；一棵女王棕榈树旁的一栋高于城里其他建筑的拱顶房屋；一座跨越那条蜿蜒在我们身边的铁轨的桥梁。在我们向北朝着城市行驶的途中，公路与那条铁路平行，有时离铁轨很近，有时偏离它一段距离，当铁路转向内陆时我们行驶的公路仍然沿着海边的山脊向前延伸。

第二天下午我一个人出了门。我坐在一堵石墙上研究买来的城市地图，尽管阳光温暖，屁股下面的石墙还是有点凉。一位陌生人告诉我，我想去的那条街步行太远了，但我还是抬腿上了路。每登上一座小山，俯瞰水面，我都能看见桥梁和帆船。下到小山谷后，白色的房屋又朝我围拢过来。

我并不知道这座城市对我来说会有那么巨大，我的双腿又会有那么疲劳。我也不知道一段时间后，房屋白色正面反射的阳光会让我那么头晕目眩，阳光一小时又一小时地照在房屋正面的墙上，让它越来越白，而当我的眼睛开始酸疼时，房屋正面的墙看上去又没那么白了。我上了一辆巴士，坐了一段之后又下车步行。尽管太阳晒了一整天，傍晚时分阴影处却是凉丝丝的。我路过几家旅馆，并不知道自己的确切位置，不过离开一个地方之后我会发现刚才走过的地方是哪儿。

我一会儿走对，一会儿走错，最后，我终于来到了他住的那条街。正赶上下班高峰，车流缓慢，街上身着工作装的男女来来往往，不停地从我身边经过。太阳已经落得很低，照在那栋房子上的阳光是深黄色的。我有点意外。我从来未曾想象过他居住的城市里的那部分会是这个样子。我甚至不相信这个地址真的存在。但是那栋房子就在那里，三层楼，漆成淡蓝色，有点陈旧。我隔着马路，站在一道台阶上研究它，台阶上嵌着一个用瓷砖拼出的药店名，不过我身后的门却通向一家酒吧。

自从我把那个地址写到地址本上，一年多来我曾经非常精确地想象过，就像在梦里见过一样：一条洒满阳光的小街，几栋两层楼的房屋，人们进进出出，在门前的台阶上上下下。我也曾想象自己坐在停在他家斜对面的车子里，观察他家的前门和窗户。我看见他从房子里走出来，想着不相干的事，低着头，轻快地跑下台阶。或者和他妻子一起慢悠悠地走下台阶，以前我曾在他不知道我在观察的情况下两次看见他和他妻子，一次离得很远，当时他们站在靠近电影院的人行道上，一次在雨中，透过他公寓的窗户。

我不确定自己会不会和他说话，因为我在想象这件事的时候，从他脸上看到的愤怒让我感到不安。惊讶、愤怒，然后是恐惧，因为他害怕我。他的面孔僵硬，没有任何表情，眼皮耷拉着，头微微后仰：我会对他做出什么举动？他会后退一步，好像这样我就真的够不着他了。

尽管我看见那栋楼就在那里，但我不相信他的公寓真的存在。即使他的公寓确实存在，我也不相信能在门铃边上找到他的名牌。我穿过马路走进他曾经住过的那栋楼——也许就在不久前，肯定不会超过一年——在他公寓门铃边上的白卡片上读到两个名字：阿尔德和普鲁厄特，6号。

后来我意识到这两个性别不详的陌生人，阿尔德和普鲁厄特，肯定是发现他遗留下的物品的人：粘在某个地方的胶带，落在地板缝里的回形针和大头针，壶垫、调料瓶，或者掉到炉子后面的锅盖，抽屉角落里的灰尘和碎末，澡盆和厨房水池下方又硬又脏的海绵，他曾用这些海绵精力饱满地擦洗水池或厨房台面，还有壁橱阴暗处挂着的零散布条，碎木片，墙上的钉子孔，孔周围布满污迹和剐痕，这些孔看似随机，那是由于阿尔德和普鲁厄特不知道这些钉子的用途。尽管这两个人不认识我，我也从未见过他们，我却感到与他们有着某种意外的关联，因为他们也曾与他有过某种程度的亲密接触。当然也可能是他们之前的租户发现了他的遗留物，也许阿尔德和普鲁厄特同时还发现了另一个人的痕迹。

既然我已经尽了全力寻找他，我按响了门铃。如果这次再找不到他，我就不再尝试了。我按了又按，但是没有回应。我站在楼外的街道上，直到觉得自己终于到达了这段必要旅程的终点。

我徒步去到了一个遥远的步行几乎无法到达的地方。尽管天色已晚，人也精疲力竭，但我仍未放弃。接近他曾经住过的地方时,一部分的体能又回到了我身上。现在我离开了那栋房子,朝靠近海湾的仓库和海边走去,我心想,我要努力记住这座城市,尽管他已经不住在那栋房子里了,我那么疲惫,却不得不步行,我的四周还有更多的山头等着我去翻越,我因为去过那里而感到平静,自从他离开后我第一次有了这样的感觉,就好像,尽管他不在那里,但我再次找到了他。

也许他不在这个事实使得我的回程成为可能,使得终结成为可能。因为如果他在的话,所有的事情不得不继续下去。而我将不得不采取行动,即便是离开他,隔着一定的距离去思考这件事。现在我终于能够停止对他的寻找了。

但是当我意识到自己放弃了,意识到自己结束了搜寻的时候,已经过了一阵儿了,那时我正坐在这座城市的一家书店里,嘴里充溢着一位陌生人给我的廉价、苦涩的茶水的味道。

我去那里是想歇歇脚,在一栋地板已经开裂的陈旧建筑里,一架狭窄的楼梯通到楼下,地下室里光线暗淡,楼上则干净明亮。我穿过整个书店,下到楼下,又回到楼上,转遍了每一个书架。我坐下来打算读一本书,但是又累又渴,根本读不进去。

我来到靠近前门的柜台旁,一位身穿羊毛衫、脸色阴沉的男子正在柜台后面整理书籍。尽管我知道书店里很可能不会有饮用水,我还是问他是否有水,我可不可以要杯水喝。他告诉我说没有,不过我可以去附近的一家酒吧。我没说什么,转过身,上了几步台阶，走进前面那间俯视街道的房间。我再次在一把椅子上坐下休息，人们在我身边安静地走动着。

我并非成心想对那位男子无礼，我只是无法张开口说话。我得使出全身的力气才能把空气从肺里压出来，发出声音，这么做会伤害我，或从我身上取走我当时还无法割舍的东西。

我打开一本书，盯着其中的一页，并没有在读，又把另一本书从头翻到尾，一点也没看明白。我觉得柜台后面的男子或许把我当作了流浪汉，因为这座城市里到处都是流浪汉，特别是那些喜欢在下午天变暗变冷后待在书店里，向他讨水喝，甚至在他拒绝时会对他无礼的那一类。我意识到，当我没回答他就转身离去时，从他惊讶或许还有点担心的表情上看出他把我当作了一个流浪汉，我突然觉得自己也许就是他想象的那种人。我曾有过觉得自己无名无姓、身份不明的时刻，在深夜或雨中穿行于大街小巷，没人知道我身处何方，现在这种感觉居然意外地被隔着柜台的男人证实了。在他的注视下，我游离了我心目中的我，变得中性、无色、没有知觉：我心目中的我，一个向他讨水喝的疲惫女人与他心目中的我有了重叠的可能，也许这一刻真相这种东西不复存在，那种能够把我们捆绑在一起的真相，以致隔着柜台的他与我之间的隔阂比两个陌生人之间还要大。在我以流浪汉的新角色、疲惫、不知所措地说不出话来，一声不吭地转身走进隔壁房间之前，我俩好像被一场大雾隔开，身边的说话声和脚步声变轻了，一小片清澈包围了我们。

　　就在我这么想的时候，他来到我靠近一个高书架的座位旁。他朝我弯下腰，温和地问我是否想喝杯茶，他把茶水递给我的时候我谢了他。茶水又浓又烫，苦得我舌头发干。

■

　　这似乎就是这个故事的结局了，有那么一阵儿它也是这部小说的结尾——那杯苦茶具有某种极其终结的元素。后来，虽然它仍然是这个故事的结尾，我却把它放在了小说的开头，好像我需要先讲出结尾才能讲出故事的其他部分。以故事的起点来开头写起来会简单一点，但是如果没有后续部分，开头并没有多大意义，而且如果没有一个结尾，后续部分也没有多大意义。也许我并不想选择一个地方作为开始，也许我想同时讲出故事的所有部分。就像文森特说的，我经常想要得到超出可能的东西。

　　如果有人问我这部小说是写什么的，我会说是写一个失踪的男人，因为我不知道该说什么。但是实际的情况是在经历了先是知道，然后不知道，再次知道后又失去联系，我已有很长一段时间不知道他在哪里了。他曾住在离这里几百英里[1]的一座小城市的郊区。他曾给他父亲（一位物理学家）做事。现在他有可能在

---

[1] 1英里约为1.61千米。——译者注（下同）

教外国人英语、教生意人写作、管理一家旅店。他可能住在另一座城市，或许根本就不住在城市里，尽管他住在城市的可能性要大于住在一个小镇上。他也许还结着婚。我听说他与妻子有一个女儿，他们用一个欧洲城市的名字来为她命名。

五年前搬来这座小城居住后，我就不再想象他哪天会突然出现在我面前了，因为这极不可能。而在我此前居住的地方这种可能性却似乎存在。至少在三座城市和两个小镇里，我一直在期待着他的出现：走在大街上，我会想象他迎面朝我走来。参观一家博物馆时，我确信他就在隔壁的房间里。但我从来没有见到过他。也许他确实曾在那里，在同一条街上甚至同一间房间里，在离我很近的地方观察着我。也许在我发现他之前他已经走开了。

我知道他还活着，我在一座他几乎肯定会光顾的城市里住了好几年，尽管我住在一个肮脏破落、靠近港口的地区。越接近市中心，事实上，我越期望能遇见他。我会发现自己跟在一个熟悉的身影后面，肩膀宽阔、肌肉发达，比我高不了多少，有着金色的直发。不过那人掉过头来，脸和他的太不一样了，前额不对，鼻子不对，脸庞也不对，就因为那些部分原本可以是他的但却不是，它们变得丑陋不堪。要不就是远处朝我走来的一个男人，举止像他一样紧张傲慢。或者，近距离地，在一节拥挤的地铁车厢里，我会看见相同的淡蓝色眼睛，带雀斑的粉色皮肤，或凸出的颧骨。有一次，面部的特征是他的，但夸张了一点，以致他的头看上去像一副橡胶面具：头发的颜色一样但比他的要密，眼睛的颜色淡得发白，前额和颧骨凸出得近乎怪诞，红色的面皮挂在骨头上，嘴唇紧闭像是在发怒，身体宽到了荒唐的地步。另外一次，他脸部的特征如此不确定，如此没有辨识度而单纯，我很容易就看出来，随着时间的推移，它会怎样发展成另外那张我如此挚爱的脸庞。

我还在很多人的身上看见他的衣服：样式很好但衣料粗糙，经常是陈旧的，褪了色的，但永远是干净的。尽管知道不符合逻辑，但我仍然禁不住去相信，只要足够多的人在同一地点穿上这样的衣服，他会在某种磁力的作用下被迫现身。我还想象某天我会看见一个与他穿着打扮相同的男人，红色的格子呢短夹克或是淡蓝色的法兰绒衬衫，白色的粗布长裤或是裤脚已磨损的蓝色牛仔裤，这个男人也会有发红的金色直发，梳向他宽阔前额的一侧，蓝眼睛，颧骨凸出，嘴唇紧闭，体格宽阔强壮，举止羞涩却又有点傲慢，就连最细微的部分都十分相似，眼白里的粉色、嘴唇上的雀斑、门牙上的缺口，就好像他身上所有的要素都具备了，而把这个男人变成他只差那个恰当的单词。

■

尽管我还记得那是十月里一个风和日丽的下午，已接近傍晚，在一座高层公共建筑物的顶楼，但却忘记了那场招待酒会的名目。我身边围满了人，在一个类似天井的地方，圆形或是方形的，地上洒满阳光，有通向外面的走道。米切尔把我引见给他，告诉我他的名字。像平时被人介绍一样，我一转眼就忘掉了他的名字。他已经知道我是谁，所以记住了我的名字。米切尔走开了，留下我俩站在一群女人中间，她们单独或成双结对地在房间里缓缓地试探性地走动着，进出于强烈的阳光之中。他告诉我他想象中的我要老一些。我很惊讶他居然会想象我。几件事情同时让我感到惊讶：他的坦诚、他的穿着（在我看来应该是徒步时的着装），不仅如此，还有他的存在并站在那里与我交谈这个事实，因为此前从没有人向我提起过他。也许因为他太年轻，从那里走开后我没再想到过他。

那天晚些时候，我去了城北海滨大道上一家比较简陋的咖啡馆，他和几个朋友，外加几个我不认识的人在那里观看一场演出，节目里有原始部落的圣歌。我进门的时候，除了舞台上的聚光灯，屋子里已经暗了下来。我能看见的长桌前仅有的一把空椅子就在他身边，不过椅背上挂着一件衣服和一个像是女式挎包的东西。见我犹豫不决地看着那把空椅子，他站了起来，取下椅背上挂着的东西，把它们放到了长桌的另一头。实际上，演出开始后不久，另一位女子就来到那把椅子跟前，在暗淡的灯光下恼怒地走到另一个座位跟前。我不认识那个女人。

他坐在桌子的一头，整张桌子尽收眼底，背对着我进来的门，我坐在他的左手边，面对着小舞台，台上两个男人正在表演，一个边喊边唱，另一个用手指拨着低音大提琴的琴弦。我对面坐着的是埃莉，当时我和她还不是很熟。演出过程中他不停地朝她探过身去，房间里挤满了人，舞台离我们很近，演出的声音响得让人无法交谈，除非你直接对着另一个人的耳朵说话。

那段时间我爱喝酒。我需要一杯酒才能坐下来和别人聊天。如果不得不去不提供酒精的公共场合应酬，我会浑身不舒服，无法开心享受，同样，如果有人邀请我晚上去他家，我希望进门后就会有人奉上一杯酒。

第一场幕间休息时，我问他和埃莉这家咖啡馆卖不卖酒，他们说不卖。我问他们去哪儿可以买到酒。他们说离这儿不远有家小杂货店能买到啤酒，他提议陪我去，并再次迅速地从椅子上站起身来。

出门后，我和他并肩走在公路边被反复踩踏过的泥地上，脚下是干枯的桉树叶和从树干上掉下来的木疙瘩。

我想不起来我们谈了些什么，不过那些日子里我几乎从来记不住与刚认识的人之间的对话，我脑子里装了太多的东西。我不仅担心我的衣着和发型，还担心自己的站姿、行姿，头和脖子该摆成什么样子，脚又该放在哪里。如果不是在走路时而是在吃饭时与人聊天，我担心自己如何吞咽食物以及如何喝饮料才不会噎着、呛着，有时候我确实会噎着自己。所有这些状况让我应接不暇，尽管我记住一句话的时间长到可以回答它，但却不会花时间去思考这句话以保证将来还会记住它。

我们出来时路上已经很暗，七点半到八点的样子。更准确地说，我们这一边的路被路灯和咖啡馆以及附近商店的泛光灯照亮着，另一边则是漆黑的，灯光被路边种着的一排桉树挡住了。树木之间挂着一两个标示牌，树的那边躺着两对铁轨，也是黑乎乎的，铁轨过去是一小片河床，眼睛看不见，不过河床周围的茅草标出了它的位置，再过去是另一条路，稍微窄一点，走的人不多，但照明很好，就在一座光秃秃的小山脚下。另外一个方向，在咖啡馆和商店的背后，大海就在几百码[1]之外的小山或者峭壁之下，如此广袤黑暗，尽管我看不见，大海的黑暗笼罩着公路，

1　1 码约为 0.91 米。

电灯的灯光则与之抗衡。

我不确定我们的脚下是泥巴路还是沥青路,途中都经过了哪些地方,他是怎样和我并肩而行的,是拘谨尴尬还是优雅从容,走的是匆匆忙忙还是慢慢悠悠,是与我靠得很近还是隔开几尺。我觉得他急于和我说话,并想听清楚我说的话(这有点困难,因为我说话声音很小),他的身体不得不朝我倾斜。我不确定我们买了哪种牌子的啤酒,同样让我困惑的还有钱,我和他买啤酒的钱是否都是他付的。也许我想买贵一点的啤酒,而且买了两瓶,而剩下的钱只够他买两瓶便宜的了,所以买啤酒花光了他身上所有的钱。我知道他的钱花光了是因为当天夜里还是第二天清晨他车子没油了,而他一分钱也没有,向路上一个陌生人要了一块钱。第二天他在图书馆告诉了埃莉,她再转述给我,不过这是很久以后的事了。

我们一回到咖啡馆他就发出了邀请,我的犹豫,他的大胆,我的误解,然后他车子的噪音,我的担心,夜色中的海滨,夜色中我居住的小镇,我的院子和玫瑰花丛、玉树花丛和我的栅栏,我的房子,我的房间,金属椅子,我们的啤酒,我们的交谈,他对事实的错误陈述,他再次的大胆,等等等等。

当他邀请我和他出去喝一杯的时候,我说的第一句话竟然是我真的该回家工作了。我觉得自己像个迟钝的翻译,或是个小心翼翼的教授,年纪比他大得多。那段时间我一直觉得自己越来越老了,也许是由于我处于一个新地方和新环境中,不得不重新审视自己并做出评估,似乎我对自己并不像我以为的那样熟悉。其实我没那么老,不过还是比他要大好几岁。

还有更多我不愿意回忆的情节:我的犹豫不决,突然而至的担心,匆匆跟在他身后时的焦虑,跟着他跑出门后的窘迫、不矜持。虽然自觉很老,举止却与自己年龄不相称,我自己的感觉。

演出结束后他离开了咖啡馆,没和我说一句话,步伐坚定,让我觉得我的犹豫伤害了他。我俩之间的对话还没超过十来句,我已经觉得我伤害了他的感情,这一点也不意外,即使在我认识他已经很久,远远超过最初的几个小时以后,我也经常觉得他受到了伤害,在生气。当然,尽管有点犹豫,跟着他跑出门本身已经表明了我多想跟他走。跟着他出门后,他告诉我他只是去车里取点东西。让他突然离开的是他自己的局促不安。

我们站在我们停在咖啡馆外面的车子旁,他问我可以去哪儿。随后,再次比我预想得要大胆得多,他问我是否可以去我家。我再度犹豫起来,这次他道了歉。我很赞赏他这种行为所展现的稳重朴实。我对他几乎一无所知,所以他所说所做的每件事都在向我展示他全新的一面,就像他在我的面前把自己摊开了一样。我有点累,所以并不介意直接回家。我上了我的车,他上了他的。我等了他一会儿,好让他跟上,他发动引擎时,那辆庞大、破旧的白车发出轰隆隆的响声,这声音在他紧跟在我身后时仍然持续不断，我的牙齿开始打战，握着方向盘的两只手也开始发抖，我紧握着方向盘，把指关节都弄疼了。

他的车大灯的灯光布满了我的后视镜，我双手紧握方向盘，我们就这样开着车沿着海边穿过另一个小镇，那里有家电影院正好散场。沿着海边的公路，穿过几片沼泽地，又开上一个干燥的山坡进入我居住的小镇，开过交通信号灯和街角处的露天咖啡馆，一个左转弯，上坡，到达了我家。

我好像看见他在黑暗中跨过柏树下被压出车辙的泥巴车道时被绊了一下，不过也许是我记混了，因为几天后他离开的时候，我自己从海无花果花台后仰地跌到了车道上。当时我正和他挥手道别。我没有真的摔倒，只是从房前种着柏树的高花台上跌了下来。和他一起时我总是笨手笨脚的，从房间走过，在一把椅子上坐下，都控制不住自己的胳膊和腿。他说我笨手笨脚的原因是我总是太着急，动作比身体快。

现在我走在他前面，他在前院围墙边抬起一根从茂密的攀墙玫瑰丛垂落下来的荆棘，好让我在经过时不被划着。不过也许在黑暗中他不可能那么做，那是另外一天发生的事情，在白天。又或许就是在那天夜里，不过天还没有黑透。其实，那个特别的夜晚只是在我的记忆里才那么黑，因为我知道家门口就有两盏明亮的路灯，其中一盏的灯光一直照进我的房间。

我们穿过弧形车道，走过有点凌乱的玫瑰花丛，那些玫瑰就生长在我常呆坐着向外张望的窗户下方,绕过房子侧面的玉树花丛。我们沿着一条砖头铺成的小路来到漆成白色的木院门前,院门两侧是也漆成白色的木栅栏,走进院门,上了一条带拱廊的走道,经过我房间的窗户来到我的房门前。固定在门边白色灰泥墙上灯罩里的电灯散发着光亮。

进屋后,我们在我工作用的绿色折叠桌和租来的钢琴之间放着的两把金属折叠椅上坐下。我从厨房拿来两瓶啤酒,我们坐在不太舒适的硬椅子上喝着啤酒。

他告诉我他刚写完一部长篇小说,不过后来我发现事实并非如此。他刚写完的并不是长篇,而是一部二十页,后来被他缩减到六页的短篇小说。如果不是我没听清楚,就是因为他由于紧张而错误地说成"长篇"而且没听见自己说的话。

由于我不知道他的名字,他似乎只有一半是真实的,于我来说就像一个陌生人,不过我并不感到害怕。

我们分别坐在两把硬椅子上,礼貌,冷淡,小心翼翼东拉西扯地交谈了一两个小时,当他问我是否可以把靴子脱掉时,我第三次被他震惊了。

■

  我并不介意自己在这件事的某些方面被人误解，不过我不确定是哪些方面。咖啡馆里我的犹豫和他的坚持；我怎样跟着他走出咖啡馆又折返回去；他车子发动起来后的轰鸣声；他白色旧车的大灯和前挡泥板怎样填满了我的后视镜；在我家门口他为了不让我被划着而用手抬起那根玫瑰荆棘时表现出的绅士派头；坚硬的金属椅子；再后来是我在床边明亮灯光下的尴尬。我的大脑像一个戴着眼镜的小教授一样悬浮在半空中，对下方发生的事情评头论足。

  天快亮的时候我睡着了，他在离开前对我说着什么，我醒了过来。为了听清楚他在说什么，我醒得更彻底了。他正在引用一段诗歌作为自己离开的方式，我能理解他为什么那么做，不过那让我感到不舒服。

  在他离开我家的时候，车子的轰鸣声再次响起，打破了这个富裕住宅区的宁静。就算没人听见或者看见他，我还是感到难堪——一个年轻小伙子于黎明时离开我家,轰轰作响的车子刺破了优美的海边小镇的静谧,车子驶下山坡,经过我邻居栅栏树木包围着的住宅;街对面塔式住宅里住着的那家人拥有小镇的很大一部分,他们后来邀请玛德琳和我以及镇上很多人去他家开派对,派对是为了庆祝他们的一个·新买的还是新建的建筑,好像是游泳池;住在他们坡下的一对老夫妻,他们精心料理的仙人掌园与通向便利店的小路接壤,我常去那家小店购买诸如香烟、猫食之类的东西;住在山下一栋白色小木屋、与我们毗邻的一对年轻夫妇,我当时并不知道那座房子不是他们买下而是租住的,就像不知道那位在主街一家服装店上班、时不时卖点什么给我的年轻女子几年后会死在高速公路上一样,当时她正减速驶向靠近镇子的出口匝道,一辆大卡车从后面撞上了她;然后经过深棕色木头建造的挪威教堂,教堂前面种着一排桉树,车子在山脚下右转,轰鸣声越来越远,直到再也听不见了。

∎

我现在住的地方离海也很近,所以不时会有一只海鸥从头顶飞过。不远处有一条小溪,宽到我一直把它当作了一条河,直到文森特更正了我。溪水流入一条宽阔的感潮河,文森特告诉我那只是一个入海口,也不能算作河流。这个村子处于两片水域的分水岭上。

不过这片海与此前的不同。如果不在城里走上很长一段路我根本到不了海边,因为这座城市就建在海边。这里没有海无花果,没有玉树花,也没有棕榈树。这里的岩石不是砂岩而是花岗岩或石灰岩。泥土中沙子不多,不发红,是深棕色的黏土。

现在是三月,很冷。晾衣绳上挂着文森特的厚棉袜,晾了几个小时还是湿的。地上的积雪有一英寸[1]厚,不过有些候鸟已经飞回来了,叽叽喳喳地寻找着做窝的地方。小鸟绕着房子后面门廊的屋檐飞来飞去,我们把脚上的泥巴带进了厨房。

1　1英寸约为2.54厘米。

我刚翻译完一位法国人种学家笔风艰涩的自传。完成这个工作对我来说是件好事，因为我在一本书上花的时间越多，赚到的钱就越少。我将把译稿和账单一起寄给出版社，等着他们给我寄支票。

今天早些时候，我在读一篇介绍一位居住在英国用英语写作的日本作家的文章。他的长篇构造精致，几乎没有什么情节，信息以碎片的形式呈现，手法随意。我不知道为什么觉得这篇文章似乎对我很有用，我打算把它保存下来找机会再读一遍，但是我把那本杂志弄丢了。我写长篇的方法效率不高，这种低效也影响到我做其他的事情。当我不得不写写停停时还可以理解。现在我几乎每天都在写，但我还是会搞糊涂，忘记前一天都写了些什么。我必须在小卡片上给自己写下指令，每条指令前面加上箭头。我寻找箭头，读指令，按照指令说的做，随后会逐渐回想起我之前在做什么，给自己写下另一条指令后，知道当天结束时写到了哪里。不过在那些最糟糕的日子里，我只是穿着睡衣坐在那里，身上温热的气味从敞开的领口钻了出来。我听着窗户下方公路上不息的车流，想着有些事之所以发生是因为时间在流逝。我要坐上大半天才会去穿衣服，这之前我不总是先洗澡，除非觉得自己已经彻底馊掉了。

■

过去我喜欢重温那第一个夜晚的每一个时刻,他和我与朋友一起坐在桌前,我这一边的朋友,他那一边的朋友,表演的声音吵得大家无法交谈,我们一起走到外面,互相并不了解,每人买了两瓶啤酒带回来,每人喝掉一瓶,没打开的一瓶就放在我们脚边棕色的纸袋里,坐在那儿不开启那瓶酒,留着待会儿再喝。对我来说,某种程度上,那似乎是最美好的一刻,一切几乎都还没有开始。开启第二瓶啤酒时我们也就开启了后来的一切,从深秋直到整个冬季,不过只要我们坐着不打开啤酒,我们就会待在某个与世隔绝的岛上,所有的幸福都在我们眼前,直到我们打开第二瓶酒才会开始。当时我无法明白这一点,因为我不知道接下来会发生什么,不过后来我在回顾时明白了这个道理。

回顾那个夜晚几乎比第一次经历它还要美妙,因为它不会发展得快到我无法掌控,我不用担心我自己那部分,因为知道会发生什么,我不会因疑惑而分心。我无数次重新经历那个夜晚,也许它之所以发生就是为了我能够在将来的日子里重新经历它。

后来,在他离开我之后,那个开始不仅仅是第一个幸福的时刻,开启了通向无数幸福时刻的大门,它也包含了结束,就好像我们一起坐在里面的那间房间,那个公共场所,还有他朝我靠过来,几乎还不认识我,对我耳语,这些时刻都已经弥漫着故事的终结,好像那间房子的墙壁就是用终结筑成的。

∎

我在认识他几周之前来到那座小城市。我有一份工作但还没有住处,借住在一对外出了的研究生夫妇的小公寓里。我去那里教书,可是我过去从未教过书,所以担心得要死。我独自待在公寓里,把书从书架上取下来,读一些我觉得或许可以帮助我回答学生问题的东西。我想象学生们非常聪明,知道得比我多。但是我读得太快且杂乱无章,一点也记不住自己读了什么。

米切尔是我唯一认识的人,他领着我在城里和附近几个小镇转了转,陪我在校园里散步,回答我的问题,把我引荐给别人,尽管由于腼腆他经常连老同事的名字都想不起来。他觉得有两个地方可能适合我,一个带家具的我可以单独住的小公寓,另一个是一栋大房子里一间不带家具的房间,我将与另一个女人合租。他先带我去看了那栋房子,那所公寓我就连看都没看过了。

房子很漂亮,里面几乎空无一物,卧室在房子的两翼,直接通向一个被栅栏和灌木丛围着的阳台。我觉得这栋房子有点像西班牙庄园，不过我不确定西班牙庄园是什么样子的。住在那里的女人养着狗和猫。大家对她都不太了解，不过他们对她已经形成了一定的看法。米切尔领着我从院门走到阳台上，那个女人，玛德琳，从阳台另一侧她的房间里走出来和我们打招呼。她个子很高，棕红色的长发束在脑后，脸上挂着夸张、僵硬、一成不变的微笑，神情紧张，我看得出来，因为要和我见面，她恐惧得几乎都僵在那里了。那是中午时分，阳光灿烂地照耀着我们。

除了狗和猫，第一次造访时我只看到了一些电子设备和玛德琳做的还没上漆的大凸纹陶土罐。它们在阳光下可能比较显眼。后来我再没见到过那些电子设备。

想到要和一个不了解的女人——没人很了解她——住在一栋充斥着大蒜、变了味的香料、茶、猫狗和地毯清洗液发出的陈腐气味的房子里，我也有点紧张。尽管玛德琳把她住的那部分打扫得很干净，但那里到处是动物身上的跳蚤。我的房间里没有跳蚤，但是覆盖着一层灰尘。

最初，我房间里除了我和玛德琳从房子另一端地下储藏室搬来的弹簧床和床垫，只有我车里的东西，我横穿美国大陆随身带去的物件，后来，可能也是在那间储藏室里，我们找到了那张折叠桌和金属椅子。

虽然住在同一个屋檐下，我们却继续假装在独居。我们在各自的房间里自言自语。心情不好的时候，一间房间里会传出一声

"放屁",另一间则传出一声"婊子"。有时也会出现混乱:半夜里玛德琳会想起自己吃剩一半的派还放在外面,就起床想把它放好,可是我已经把它收起来了。她会觉得是她自己放好的只不过忘记了。

玛德琳既没钱养车也没钱装电话。我装了一部电话,租了一架钢琴。我不在家的时候,玛德琳会带着她仅有的乐谱去我房间——一本破破烂烂的席尔默版的肖邦的《夜曲》,黄色封面上有咖啡杯留下的圆圈。她用呆板的手法一遍又一遍地弹奏着同一段曲子。经常,我回家后,会看见她在那里弹琴,坐得笔直。我会要不很开心,要不想发火,这取决于我的心情和我俩当时的关系,而这个关系永远在变化。晚饭后我会弹奏海顿的奏鸣曲。我的演奏风格机械、单调、粗糙。

但是她在弹琴的时候,弹得虽然很糟,动作却如此优雅和投入,所以尽管知道她的演奏不准确而且很怪异,我仍然相信她弹对了。因为她不怀疑自己,因为她做每件事都充满信心,我总是相信她对我非常蔑视。在她身边我经常觉得自己笨,或者幼稚到了愚蠢的地步。可是我并不幼稚。后来,等到他加入我们中间后,他显得更加幼稚。

我搬进去的时候正赶上旱季,难得天阴,难得下场雨,偶尔会落下几滴雨珠。我每天教一节课。沿着海滩开车回家的路上,我会看着翻卷的海浪想着到家后要喝的第一杯啤酒。我不会马上吃东西，必须先喝一瓶冰啤酒或一杯葡萄酒。我过分担心第二天的课程，晚上不想出门见人，大多数晚上都是这样。我批改学生的作业，写下对于教课的想法。即便上了床，我仍然会在黑暗中继续教学，有时甚至持续好几个小时。在床上，我的表达能力要比第二天好得多。

如果哪天晚上我真的出门会朋友，我喜欢红酒啤酒敞开喝。我会把眼镜摘下来放在大腿上，眼镜则会不停地滑落到地上去。最后我会让眼镜在地上待着，再用我的赤脚盖住它。轮廓柔软了，五官模糊不清了，我慢慢麻木了。如果我周围的人停下来不喝了，我会不开心，因为这意味着这个夜晚行将结束，真实的生活又要开始，新的一天即将来临。我会一个人继续喝，尽管知道我不该这么做，因为开车回家会遇到麻烦，我会意识不到停车标志，在海边和小山之间蜿蜒起伏的小路上，在空荡荡的十字路口等绿灯的时候，我的面部会因注意力过度集中而变形。但是停下来不喝很困难，因为我自身的一部分肯定相信，只要不停地喝下去，喝到手指失去协调，或者更进一步，喝到头歪向一边眼睛也斜了，甚至再进一步，喝到只有努力集中精力寻找用词才能把话说清楚，这时，我就可以从另一端溜出去，进入一种崭新的状态，一个崭新的世界。有一次我在家，看到镜子里的我身上起了一些细微的变化：两颊潮红，头发杂乱，嘴唇苍白。

每天的大部分时间里，我都会坐在折叠桌前工作。我的房间非常宽敞，地上铺着红色的瓷砖，尖屋顶，深色的房梁，阔而深的窗台，厚厚的白灰泥墙壁让室内总是保持着清凉，哪怕外面阳光灿烂暑气蒸蒸。如果我从工作中抬起头，能看见天空中缓慢摇曳的深绿色的松树枝、树林那边的一丛红玫瑰、有弹性带锯齿边的多肉植物拱起的嫩枝，还有落在那株朝外倾斜的大柏树脚下松软泥土上的松果。街对面有一扇东方风格的木格子院门。时不时地，阳光下，一位身穿蓝色宽松服、手拿网球拍的年轻姑娘会走进院门，受到两只小狗的欢迎。车辆缓缓驶过，上山下山。外出散步的人群突然出现，在柏油路上留下轻快的脚步声和响亮、尖锐的谈话声，老太太和老年夫妇，衣着讲究，白发苍苍，小心翼翼地下到海边或主街上，去买东西，或者只是看看橱窗里的摆设，再回到山上的家里。闲逛的狗进入我窗框一角的视野内，东闻西嗅。

我常听见远处有一列火车开过，在我居住的山脚下，靠近海边。晚上更容易听到。白天火车和我之间会加进其他噪音：我那些手上有大把时间的可爱的邻居站在我窗外街上闲聊的说话声；偶尔缓缓驶上或驶下山坡的汽车；两个路口之外山下那条海边公路上川流不息的汽车和卡车的车流；和我隔着几条街的建筑工地上重型机械引擎的声音；同一地点传来的击打声和电锯声；还有一些我无法辨识的噪音，由于这些噪音发生在持续的烈日之下，与大片整齐的深绿色厚叶灌木丛、树木和零散开着深红淡蓝花卉的地被植物混合成一体，形成一种似乎很温和的喧哗。

晚上，空气轻柔芬芳，大多数噪音都消失不见了，就像炎炎烈日和斑斓的色彩一样，又像是黑暗中的植物，变成衬托在房屋墙壁或者马路边的一堆柔和的形状，透过空旷的空气，我能听见火车车轮压过铁轨发出的声音和汽笛的鸣响，像车头上那只黄色的独眼一样纯净。

白天，我有时会丢下手头的工作出去走走，如果在室内待得太久，阳光的温暖程度、微风的甜美程度、白栅栏外植物色彩的鲜艳程度都会随着时间增强，几乎成了一种难以忍受的挑衅。我会开车带玛德琳去取黏土或购买食品。要不就步行去到山下的主街，路过栅栏围着的仙人掌花园和光秃秃的泥巴地；路过头戴草帽穿着工装裤的老头，他小腿上绑着大皮垫，正慢悠悠地收拾着花园；路过挪威教堂；路过木头房子的诊所，诊所的窗户一尘不染；海无花果花圃里的喷水头此起彼伏，汽车上的镀铬金属在无尽的阳光下闪闪发亮。

要不然我就去海边或山坡上散步，独自一人或和玛德琳一道。当她没在屋里或阳台上忙着用泥巴和纸浆做东西，当她没在烧饭用餐，没在打坐或看电视的时候——她做所有这些事情都同样认真专注，她会以持续的永无止境的精力一口气走上好几个小时，她的狗跟在她身边，只在遇见熟人时才停下来说几句话，或是赶走一群小男孩，因为她与城里其他人不一样，这些男孩取笑她并用侮辱性的名字称呼她。她在主街上来回走着，走过商铺来到公园，走过火车站来到海滩，沿着海边走出去很远，再返回到出发点，然后朝另一个方向走上很远。

如果和玛德琳一起徒步，我们会去海边或者沿着俯瞰大海的峭壁行走，如果是我一个人，我则去爬房子后面的那座山。

因为那座小城建在一座陡峭的山上，而且因为海边所有的城镇都建在山坡或海边的峭壁上，我总有住在什么东西的上方、住在一块小平台上的感觉，一座暗礁或一片高原，往上往下都是陡峭的斜坡。我的房间和阳台在一个平面上，海边的公路在另一个平面上。其下方的公园又是一个平面，再往下一点拐进海滩上方小山坡的铁轨则是另一个平面。我家后山上的道路一会儿陡峭，一会儿平坦，一会儿缓缓上升，我走过挂在山坡上的翠绿茂盛的花园，院子里都种着茂密的植物，因此你很难分辨出那一片小树林其实是一块领地的一部分，私人领地，与一座通常十分隐蔽的住宅相连。虽然那些领地被精心打理，但是在每块地的边界处都可能会见到一个啤酒瓶或啤酒罐，就扔在路边，好像那条路是一条流经那些私人领地的河流，背负着外部世界的生活，把外部世界的标记丢弃在岸边，白天，那些标记被沿着小树林和草坪边界巡视的领地主人仔细去除，到了晚上，兜风飙车的年轻人让这路的河流起起伏伏，那些标记就又再度留了下来。几乎每条路都是沿山而上，然后再向下伸展，有的笔直陡峭，行走在上面时我背对着大海；有的沿着与海近乎平行的山坡缓缓上升，这时我几乎可以从路上任何一处看见大海，不是松树枝后面的一小块蓝色床单，就是当我从一栋房子后面转出来时，越过树梢看见的大片蓝色、银色或黑色。如果我沿着那条路走得足够远，它总会再次下降，好像它对重力只有一定程度的抵抗力一样。在前方远处的一个十字路口，我会看见一颗大松果，或许只是一只深色的哀鸠，形似松果。空气中桉树的气息如此凝重，覆上我张开的双唇。

那里的地形和气候对我来说都很新鲜，我喜欢研究它们，不过多数情况下我都是借助我房间和汽车的窗口，很少徒步。海边的公路大体上沿着海岸线修筑而成，有时会转向内陆出现在山的另一侧，有时虽然在海边，但高于海平面，修在峭壁上。当公路下降到与海面平行且离海水很近时，我会看着车窗外像是要盖过我头顶的海浪，或者抬头看着天空中大鸟一样的滑翔机，或者越过沙滩看着身穿黑色冲浪服的冲浪者夹着冲浪板朝公路走来，不仅沙滩上，水里和天空中都有人。天空中还有风筝，有一两次我还看见一只巨大的画着彩色条纹的热气球，朝内陆方向快速驶去。

沙滩上的人们往往成双结对，两个潜水员，他们身上的潜水服被各种用于解系东西的搭扣装置拉扯得往下坠；两个穿短裤留着大胡子的健壮男人在并肩锻炼；一位中年男子和妻子在急速行走，他们笔直的双腿晒成了棕色，身上的汗衫短裤一尘不染；肌肉发达的金发大学生，墨镜推到头顶上，坐在椅子上读一本厚厚的皮面精装书，他的金发女友躺在他身边的一条大浴巾上。如果我不是在开车而是行走在沙滩上，从某个特定的地点我可以抬头看到那个小小的海边火车站，火车响着铃进了站，密集的人群漫过站台。

■

离这儿不远也有一列火车，一列长到开过后我已经把它彻底忘掉的货车。这辆火车，同样地，也是在晚上更容易听见。那时路上很安静，铁道后面的山坡把有规律的"铿噔"声反射回来。或者是在下雨天，那时铁路似乎离得很近，好像就在树林的另一边，只不过被树林挡住了。

今早我浑身酸痛，因为昨天我花了很大力气打扫房屋，还为一位孤独的来客准备了一顿繁复的饭菜。由于长得特别高特别瘦而且有个简单的名字——汤姆——他显得更加孤独，或许出于同样的原因，他总给人话不多的感觉，实际上他很乐意交谈。晚餐的气氛相当融洽，尽管文森特的父亲老是打岔，他就坐在我右边的扶手椅上，不停地跟我要我盘子里的食物。

自从开始写这部小说，时间已过去了很久，先是我离开城里的公寓搬来这里和文森特住，后来他父亲又搬来和我们住，这导致了额外的工作，还引来一连串的护士到家里来照料他。

这段时间里，我散步时经过的一片草地被一个正在开发的联排别墅小区取代了。这片草地上生长着很多野花，至少有四种不同种类的青草。草地的一端是一片由细长的幼树组成的小树林，另一端有一棵大橡树，长在靠近有轨电车候车棚的石头山坡边上。这棵橡树现在已经不见了，山坡边坐落着一排联排别墅。在它们前面，那块曾经是草地的地方，只有一条新铺的黑色沥青车道和一大块光秃秃的还没长出草来的草坪。

镇外的另一块空地上建了个洗车店。就在几个月前，尽管遭到镇上几乎所有人的反对，一个大型办公居住两用楼项目还是被批准了。这个建设项目将要占用坡下的一块荒地，养鸡人还是个小男孩时曾在那块荒地上奔跑玩耍。养鸡场也关门了，现在养鸡人制作鸟舍在自己路边的小店里出售。而这些只不过是所有变化中的少数几个而已。

我们给文森特的父亲找了一位新护士，此刻她正在楼下值班。她还算可靠，工作也努力，比上一位活泼，不过有点疑病症。她胳膊上方有个我至今还不敢仔细察看的刺青。此刻，老头正在要求得到一份不同于我为他制定的午餐的饭菜。我在楼上时一直在用一只耳朵倾听着他们的对话。老头子今天早晨很亲切地接纳了她，她进门时还搂了她一下，尽管这才是她第二天来上班。她对我耳语道："我觉得他喜欢我的头发。"不过要是她不能够分散他的注意力的话，他会口口声声地要求找我的。

在找护士这件事上我麻烦不断。尽管她们喜欢这个老头子，但都不会待很久。有一位只有一半的时间来上班，即便来上班，还总是迟到，每次都有不同的借口——生病、车子出问题、痛经、改换夏时制，等等。另一位签了整个夏天的合同，过了没几周，突然告诉我她要去加勒比岛教烹饪。我提出抗议后她愤怒了，甚至没来和文森特的父亲道别就消失得无影无踪，不管我们怎样解释，老头子一直为此事感到困惑。

我楼下的客厅里，护士在咳嗽，在钢琴上弄出一个音调，也许是在提醒我该停止工作去换她的班了。曾经有一位护士会上楼来通报时间，如果我晚了五分钟下楼的话。另一位则直接让老头子自己爬楼梯，尽管这对他来说非常艰难。

■

  几天后他告诉我，第一晚后他之所以选择于黎明时离开，是因为不知道我是否愿意与他一同醒来。那天上午他后来去图书馆找埃莉。他想听听她的建议。他想知道他是否应该在教室外面等我下课。他是否应该站在通向教学楼的小路上等我。埃莉说当然应该那样。他想知道那么做会不会让我感到别扭。她说当然不会。所以是埃莉的鼓励让他后来等我下课，精心摆好姿势，握着或叼着烟斗。这些事埃莉几个月后才告诉我。

  第二次他去了我那儿，一直待到第二天早晨并与我度过了一整个白天。我们去海边散步。当他从岩石上爬下来走到沙滩上的时候我无法直视他，不过我不确定是因为什么。我们走了很长一段路，一声不吭地经过岩石，踩着一堆一堆破裂的贝壳。我觉得别扭。我觉得他的沉默出自羞怯。我尝试与他交谈，但很困难。我俩之间的沉默如此厚重，言语已经不像是说出来的而更像是在被推来推去。我停止了努力。

■

我不知道他姓什么，对他的名字也不是很确定。如果他的名字是我认为的那个，那么那是个不常用的名字，我还从来没见过叫那个名字的人。我不好意思开口问他。我希望能够从哪儿读到或听到那个名字。

现在，我有点纳闷了，当时我为什么不打个电话问一下。我至少可以给两个人打电话。不过当时我和他们不是特别熟，还没熟到后来那种程度。对于我来说，我不直接问他的原因倒是更容易理解：我可以那么做而不觉得自己愚蠢的时机早就过去了。

一连几天我都没法搞清楚他的名字，因为那几天我几乎总是单独和他待在一起。由于无法用姓名来称呼他，他对于我仍然像一个陌生人，尽管他与我很快就变得无比亲密。当我终于知道他名字的时候，感觉就像是知道了某个像自己的丈夫、兄弟或者孩子的人的名字一样。但是由于是在如此熟悉之后才知道了他的名字，他的名字似乎随意得离奇，好像它可以是随便哪一个而不必非是那一个不可。

■

认识他两天后,我回家晚了,直接上床在黑暗中躺下,焦虑不安,想着他,希望他在我身边,然后浅浅地睡了一小会儿,又醒来想着他。突然,凌晨两点过后,一辆汽车轰隆隆地开上山来,经过我的窗口。车灯扫过房间,引擎熄火,车灯也熄灭了。我从床边的窗户朝外望去,看见停在屋前大柏树后面的一辆车子的白色引擎盖。我听到了说话声,大致能分辨出其中的一些词语:"我要你……我不能……这个旋转木马……这个旧旋转木马……进城……"我确信是他在那儿自言自语,因为那是辆白车,车子的声音很响,而且就停在我家外面。我觉得如果他这么做也许说明他有点疯狂。不过那时我对他还不是十分了解,我不知道他的脑子是否真有问题。我知道他偶尔会心不在焉,忘记自己身处何地,正在干什么。那一刻,尽管有点害怕,我还是愿意接受我即将知道的真相。

我穿了点衣服,从房子侧面走出去,沿着柏树下的车道去到路边。现在我看见那辆车比他的车要小。根本就不是他的车。现在我在为不同的原因害怕——这是个失去控制的陌生人，更加难以预料。我转身往回走，车灯又打开了，照着我，那个声音说道："你没事吧？"我停下脚步问："你是谁？"那个声音说了句类似这样的话："我只想给自己理出一个头绪来。"

我回到家里，沿着过道走进卫生间。我坐在坐便器上，看见自己的手和腿都在发抖。

那天夜里我梦见自己在大厅地板上发现了他写的一个短篇。前面有个扉页，上面有我的名字和我所在大学的地址。大部分内容写得很朴实，不过在一段描写巴黎的段落里写作手法突然变得很抒情，其中有像"战争的战栗"这类的短语。随后风格又变得朴实了。最后一句比所有其他的句子都要简洁："我们总是出乎我们记账人的所料。"在梦里，尽管我不喜欢最后一句，我仍然喜欢那篇文章并因此感到欣慰。而且醒来，我也喜欢上了最后那句话，甚至比其他句子还要喜爱。

现在我明白了，因为做那个梦的时候我还没读过他写的东西，我在梦里创作出我希望是他写的作品。尽管那是我的梦，他并没有写出我梦见他写的文章，我记住的词语仍然像是他的而不是我自己的。

■

我们认识三天后,一个朋友当着我的面喊出他的名字,我这才知道我原来是对的。又过了两天,我去图书馆存放小杂志的部门,看见和他的诗印在一起的他的全名,这才知道了他姓什么。

我曾经设想过假如我不喜欢他写的诗怎么办。但是我连想都没想过会在书页上看见他的姓氏,所以对由此带来的震惊没有丝毫准备。我的震惊并非来自名字本身,一个辅音字母密集的、很难发音的、我从未见过将来也不会再见到的姓氏,让我觉得这个姓氏本应只属于他。我的震惊来自某个刚开始我还无法辨识的东西。

在等待了许多天之后,我终于知道了他的姓名,这似乎增加了他的真实性,给了他在这个世界上此前没有的位置,让他比此前更多地属于白天。直到那一刻之前,他只属于我感到疲惫不堪、不能像在白天那样好好思考无法看清问题的时间,那时所有的光亮都被黑暗包围着,他来了,穿过的黑暗和阴影远多于光明。

还有,如果他只是有名无姓,他就有可能属于别人讲给我听的一个故事,或者只是某个人的朋友而已,他也许是个我不太了解的人。实际上,我俩之间已经亲密无间的时候,我对他并不了解。

不过即使知道了他的姓名,即使在我认识他好几周之后,我一直没能摆脱他是某个我从来没在白天见过的人的感觉,一个在半夜里与我一起突然进到我的房间、有一个我不是很确定的名字的人。

读完他的诗以后,我去稀有书籍部后面找埃莉,当她告诉我他母亲只比我大五岁时,我再次感到震惊。

很长一段时间里,我不知道我在小说里该怎样称呼他,也不知道该怎样称呼我自己。我其实想给他起一个与他的真名相匹配的单音节的英文名,可是在寻找一个相等名字的过程中,我发现,与翻译时遇到一个难题时一样,我的大脑在耍同样的花招——只有原文的那个词才是唯一适合的答案。最终我决定采用他写的一个短篇里的一个男人和一个女人的名字来命名我的两个角色。所以在那段时间我称他们汉克和安娜。然后我把小说开始那部分给埃莉看。我说不急,她不用马上去读,不过我没想到她会拖那么久。刚开始我不太介意,因为我自己也不想去想它。我想把小说放一放。但是到了后来我有点等不及了,想知道她的看法。

她没有马上读的原因是这个故事与她当时的一段经历太相似了。她爱上了一个比她年轻的男人。虽然他没有离开她,但她很担心。过了没多久,等到他真的离开了她以后,她还是没有去读我给她的小说,现在更加困难了,尽管她告诉我她在做读的准备。她愤怒得想要搬去国外住。

与此同时,我打算把写好的部分给其他人看看,可是却好像找不到合适的人。几位朋友曾答应要看,但是其中几位,我知道,不会很客观,而另外几位则可能由于其他原因不会对我有什么帮助。我能想到两个会有帮助的朋友,不过我想等到多写一点以后再给他们看。

文森特问我为什么不给他看。他似乎急着想看,也许是为了对我,对我生活中某些对他隐瞒的经历能有更多的了解,他是这么想的,比如我在欧洲那段被他称作"放纵"的经历。我不会称那段经历为"放纵",一连四个晚上和一个干瘦的神经质的男人睡在旅馆的床上,尽量不去吵醒他,然后,在我自己睡不着的时候,坐在卫生间的瓷砖地上试着去读书,可是醉得不知道自己在读什么。那个男人一离开家就睡不着觉,而他经常出门旅行,当他回到侏罗山[1]他妻子那里之后,会一连睡上几个星期。这是他告诉我的。他脸色惨白,面部肌肉由于疲劳而紧张,他会在昏暗

---
[1] 位于阿尔卑斯山以北的山脉,横跨法国、瑞士和德国三国。

的旅馆房间里踱来踱去说他必须得睡觉了。他会在被单下动来动去，蜷缩着身体贴着我的后背，开始对着我的脖子说话，连续说上一个多小时。随后他会睡过去。我如果睡不着，就会进到卫生间，打开灯坐在地上，或者离开旅馆。

第一天夜里，我很顺利就离开了那家旅馆回到我自己住的旅馆。第二次我试图离开时，由于已是黎明时分，大门锁上了。那个疲惫的男人终于睡着了，我不想吵醒他，就打电话给值夜班的服务生，穿着睡袍的服务生一脸苦相地走出来，我俩争辩了好一会儿，他才把门打开。我穿过潮湿的过道，经过一个用瓷砖砌的金鱼池去到大街上，清晨阳光下一群正在油漆马路黄线的工人抬头好奇地看着我，因为我还穿着黑色的晚礼服。我自己旅馆的大门也锁上了，我只好在村子里四处转悠，观看集市上的人们布置货摊。

那天后来我去海边游泳，我觉得不舒服，只好长时间地站在齐腰深的水里看着远处的地平线，再回头看看其他游泳的人，他们平躺在草垫子上，或坐在强风里用手遮住眼睛防止扎眼睛的沙子的入侵。炎热和强光下我很快就感到了眩晕，我从水里出来朝海滩上一家小餐厅走去，剩下的整个下午我一直穿着浴袍坐在那里，在店主和女店员关注的目光下用冰块敷着前额，舔着指尖上的盐粒。太阳西垂后，一个高个子英国女士搀着我走过沙滩上了一辆计程车，到了我旅馆房间后，给了我几片阿司匹林和一杯水，把我安顿好。

眼下我还不想给文森特看，因为他似乎已经起了疑心。尽管我没有直接告诉他，他或多或少已经知道这本书是写什么的，他倾向于认为我所有的风流韵事都肮脏不堪。我承认我在他之前有过其他男人。有一个独自居住在旧船厂的画家，还有一个过去常带我和他妈一起去听歌剧的人类学家。紧跟着还有一个，特别爱笑；那个之前也有一个，特别爱喝酒；还有带我去沙漠的那一个；他之前还有一个，经常为自己想象出来的事情拈酸吃醋。不过这些风流韵事没有一件持续得很久，其中几个甚至都没有上过床，而且对方都是受人尊重的男人，多数是大学教授。

埃莉终于读了我寄给她的那几页。那时她终于快要出国了，尽管只去一年，也不是为了她年轻的恋人，我的手稿是她离开前必须处理的诸多事情中的一件。她似乎很喜欢，不过她说名字起得不好。她不喜欢小说里的主角叫汉克。她觉得没有人会爱上一个叫汉克的人。她说这个名字让她想到了"手绢"。[1] 没人会爱上一个叫汉克的男人当然是胡说。不过她的意思是我可以随便为我的主角挑选名字，然而叫汉克的男人，以及爱上他的男人和女人，是不可以随便挑选的。

既然埃莉对汉克如此反感，我有一阵称里面的女人为劳拉、男人为加雷。不过我真的不愿意给这个女人起名劳拉，因为我觉

---

1 英文里"汉克"和"手绢"开头的读音相同。

得一个叫劳拉的女人会是个平和的女人，或者至少是个优雅的女人。苏姗或许会好一点，但是一个叫苏姗的女人不会不理智到花上一小时从小城的一头走到另一头再走回来，在深夜里，寻找一个男人和他那辆旧白车，尽管他已和另一个女人在一起了，因为她铁了心要再看他一眼。她不会冒雨开车去他家，跑到一个阳台上，透过他公寓的窗户偷窥他。

因此我叫她汉娜，后来叫她玛格，再后来又叫回到安娜。我描述我的房间，尽管发生了这一切，这个女人，安娜，怎样坐在折叠桌前工作。在另一个版本里坐在折叠桌前的是劳拉，或者是汉娜在弹钢琴，或者是安娜躺在我床上。很长一段时间里我叫他斯特凡。有一度我甚至给这部小说起名斯特凡。后来文森特说他不喜欢这个名字，太欧洲了。我同意它是有点欧化，但我觉得这个名字挺适合他的。不过我也不是很满意，所以考虑给他重新起一个名字。

几个月前，我的一位已经写了几部长篇小说的朋友告诉我，有篇小说她写得飞快，每天只往回翻看一两页，后来当她重读这篇小说的时候，她发现人物的名字更换了十二次。

■

当我看见他站在小路上等我，我所看到的不仅仅是他的脸，不仅仅是他的手，不仅仅是他身体的姿势，还有他的领口有点磨损的法兰绒格子衬衫、他的白色绒线衫、他的卡其布军裤和他的越野靴。他手握一支烟斗，胳膊上挂着一个包。

每次见到他，刚开始的时候，我对他出现时我所见到的以及上次见面后他身上发生的变化都非常留心，以致我对他的衣着有着惊人清晰的记忆。

如果我搂着他，我手指皮肤感觉到的是他衣服的材质，只有使劲挤压我才能感觉到他身体上的肌肉和骨骼。如果我触摸他的手臂，实际上我只是在触摸他衬衫的棉布袖子；如果触摸他的腿，我只是在触摸他裤子的旧斜纹粗棉布；如果我把手搭在他腰上，我不仅能感受到那两条像骨头一样硬的肌肉，还有他毛衣上被我的手焐热了的柔软的羊毛；如果他把我搂在胸前，我看到的，距离我眼睛不到一英寸的地方，是他套头衫上的棉线或是他毛衣上的毛线或是他夹克衫上毛茸茸的绒毛。

就像每次见到他时他看上去都有点不同一样，每次我对他也会有新的认识。每个认识都像是一个小小的震惊，不是让我感到愉悦就是让我感到不安，让我感到不安的程度或大或小。那天后来我们坐在酒吧里的时候，第一天，出乎我意料地，他先是抱怨我的几个学生，然后又对米切尔表示不满。他的声调是嫉妒的声调，尽管他没有理由嫉妒他们。当他诉说着这些不满的时候，他在我眼中突然又成了一个陌生人，那种我不喜欢的人。直到我对他更加了解后我才明白我听到的不满源自失望，他经常感到失望。几乎所有人都让他失望进而引发他的不满——至少所有的男人：他对男人抱有极大的期望，他愿意崇拜他们。

对某一类男人他表示的是不满，对某些大作家则是愤慨了，我觉得，这两种情绪都源自失望。他一直在读大作家的作品，好像铁了心要读完世上所有最好的作品似的。他会读完一位大作家的大部分作品，然后会变得愤慨。有点不对劲，他会说。他尊敬这位作家，但是有点不对劲。他会把另一位大作家的大部分作品读一遍并再次感到愤慨。还是有点不对劲，就好像这些作家辜负了他一样。在他眼中伟大或许就应该十全十美。当他指出他们的失败之处，我无法反驳——他的理由并不差。但是在他毅然决然的阅读过程中，他的身后丢下了一位又一位失败的作家。或许他必须看清他们是怎样失败的才能在那个世界里为自己找到一席之地。

我了解到一件事情,那是我直接问他的,在我之前他有过不止几个而是很多个女人,我甚至不是年龄最大的一个。当时,这件事让我感到惊愕,似乎削弱了我俩之间建立起来的东西。然后,随着时间的推移,我习惯了这件事并接受了它。

后来我安慰自己说,既然他离开我后就结婚了,我应该是他的最后一个女人。不过他也许并没告诉我所有的真相。是他在回答我之前那短暂的迟疑和尴尬的表情让我相信了他。也许他的尴尬源于我那个不加掩饰的问题,只有虚假的答案才是这样的问题的唯一答案。

■

　　我第一次对他说我爱他时他并没有反应，只是若有所思地看着我，像是在思考我到底说了什么。当时我不明白他的犹豫。那句话就那么脱口而出，简直要让我蔑视自己，而他却没有回应。现在我觉得，他能够把对我说同样的话看得那么认真，也许说明他爱我比我爱他要深。或许我那句话说得太早，早得有点不诚心，而他知道这一点，尽管几天后他不得不对我说了同样的话，因为他有可能真的爱我，或者觉得自己是爱我的。

　　我说在某种程度上我是突然间爱上他的，在我俩在烛光下互相凝视的那一刻。但这似乎太容易了，而且我也不记得我说的烛光到底是哪一次。第一晚的咖啡馆里并没有烛光，那天晚上后来在我家也没有，所以说我显然想说明我并没有在第一个晚上就爱上了他。不过我的确记得第二天清晨再次见到他时，我立刻感到一股突如其来的强烈激动。如果我没有爱上他，我不知道我感觉到的算什么。如果我在那一刻已经爱上他了，那一定发生在他清晨离开我之后与我再次见到他之间的某一时刻，要不然就是我刚刚再次见到他的那一刻。

这件事难道非得发生在他不在场而且我并没有意识到的时候？也许它根本就不是突然发生的，而是一个积少成多的过程，我再次见到他时感受到的只是第一阶段，之后它逐渐增强——那天晚些时候，第二天，又过了一天，然后又过了两天，直到它达到了极端的强度，注定无法再往前一步了，然后摇摆反复了一阵，开始逐渐衰弱，所以说它是一直处在变动之中的？我第一次说我爱他时也许房间里真有一根蜡烛在燃烧，但那并不是我爱上他的那一刻，这一点我清楚，所以我仍然不确定我指的烛光到底是哪一次。

如果开着灯，我看得见他身上的每个细节，细微到皮肤上的纹理；如果房间里光线昏暗，我则能看见他被外面暗淡天空衬托出的轮廓，不过因为我对他的脸庞非常熟悉，所以同时也能看见那张脸，甚至包括他脸上的表情，虽然在没开灯的情况下无法得知他所有的细节。

我觉得在某种情况下一个人会逐渐缓慢地爱上另一个人，而在另外一些情况下则会突然坠入情网，不过我的经验有限不能肯定。在此之前我好像只坠入过情网一次。

有些时候我觉得自己爱他，有些时候则没有这种感觉，他头脑聪明也很机敏，所以一定相当清楚我什么时候似乎在爱他，什么时候不是,也许正因为这样他才不彻底信任我。也许这就是他犹豫不决、在我说了我爱他好几天之后才回应我的原因。

我认为我对他的感情首先是某种饥渴,之后变成逐渐增长的柔情,对一个引起并满足你饥渴的人的柔情。也许这才是我对他的感受,我把它当成了爱。

但是,我对他最初的感情,甚至在那之前,绝不超过第一眼见到他时的一种冷静的欣赏——一个令人愉快、聪明、有活力的男人,他也觉得我颇有魅力。简单地说,在那个夜晚,我俩像两个又饥又渴的人,我们可以决定找一个地方一起单独待着,直到我们的胃口得到满足。

这种欣赏、这种适可而止的饥渴并不特别针对他,而是适用于任何一个具有我所喜欢的品质的男人,并没有立刻增强,没有立刻变成一种特别的渴望,一种只能被他满足的渴望。另一种感情则出现在我再次见到他之前,几乎是在那一刻,几小时之内,肯定不会超过第二天,那是一种迷恋,或者说是一种搅扰。他像一个对我大脑里原有东西的搅扰一样进到我的脑子里,占据了我大脑中相当大的一部分,以致成为我的障碍:我在思考其他事情的时候都必须绕开他,如果我终于成功地思考起别的事情,要不了多久对他的思念就会再次把其他的念头推到一边,就像这思念从被忽略的短暂片刻中获取了力量一样。

他不在我身边的时候,他对我来说是一种搅扰,而他在我身边时情况也是如此，我像着了魔一样看着他，听他说话。他的形象，他的说话声，让我动弹不得，让我去接近他。只要能接近他、看着他、听他说话，我就心满意足，处于半瘫痪状态，而一两天前我甚至都还不认识他。

这种搅扰似乎强迫我放下手头正在做的事情回到他身边，留在可以看见他的地方；而迷恋则让我有接近他的需要，这种需要随后转变成我身上和他身上不断增强的渴望。

∎

  他住在一个离我家一英里的小镇上，去那儿要经过赛车场、露天市场和一长条在赛车比赛和赶集期间用来停车的泥巴地。我沿着一条绕过赛车停车场的路开车去他那儿，晚上，路的一边是那个空荡荡的停车场，黑漆漆的一大片空地，另一边则是一条空荡荡的留有车辙的土路，通向一条水流，一直延伸到后面的山上，山峦面对赛车场的这一侧没有住房，但另一侧，面临大海的那一侧，却布满了住房，包括我的房子。随后我越过一座窄窄的桥，它架在山间流出的溪流之上，那里野树茂密，乱石横生，五月下旬的溪水里挤满了软壳鳌虾，泥泞的岸边到处扔着西瓜皮和啤酒瓶，溪流在汇入大海处变得又宽又浅，落潮时被强大的引力拉长，沙土的河岸已被水吞噬，一块一块地落进流水里。然后，我爬上另一座朝向内陆的山坡。

  第一次去他那里，我是按照他给的路线自己摸索去的。他在一排车库的后面有一间窄长的房间，房间里没有床，地上连张床垫都没有，只在地毯上放了一个睡袋，也没有其他家具，靠墙放着几堆书和衣服，有的堆成一摞，有的散了一地，当然，还有一台打字机，除非他把它留在了车库里，以及一套印度鼓。小厨房与卧室毗连，里面只有一个放在桌子上的轻便电炉，紧挨着一个小冰箱。卫生间在厨房那一侧。我待了一会儿，坐在地毯上和他一起喝了杯茶还是喝了杯水。或许是因为我看上去极其别扭，他向我道歉说房间太小了。

喝完茶水后，他领我去参观他的车库。那是他引以为傲的地方。混凝土房间里摆满了独立式的书架，放着大量的书。他拥有的书之多给我留下了深刻的印象。当时他并没有告诉我大多数书属于他的一个朋友。那个朋友后来还因为那些书的事非常生气，可能是由于房东把他扫地出门的同时没收了那批书。正对着车库门有一张写字桌，上面放了一盏台灯和一台打字机，他就在那里工作。他经常独自长时间地写作，不过我很难从他那里得知他在写什么。不是因为他不愿意告诉我就是因为我不想问他。

我对自己说我不经常去他那儿的原因是他的房间太小太暗，但是当他搬到海岸线北边的一两个小镇之外，住进一套俯视仙人掌苗圃的明亮通风的公寓后，我还是不愿意去他那儿，至少是不常去，我记得，有一次，我去帮他整理一个矮书架上的书；另一次，他做了一大罐白菜汤给我俩当晚饭，那之后只有有限的几次，所以我不得不承认我更愿意在我家里见他。当他搬离那栋俯视仙人掌苗圃的公寓后，我已经很少跟他交谈，或者说交谈也没那么坦诚了，再后来我自己也搬了家，我觉得他也不知道我搬去了哪里。

■

  他玩印度鼓,至少他是这么告诉我的,我相信了他。他告诉我他小时候住在印度。他和他母亲姐姐乘一艘小船回到美国。他提议为我表演,但过了很久我才应允。想到听他演奏一件对我来说如此陌生的乐器,我感到的尴尬与后来听一个朋友一边弹着吉他一边演唱《自由之歌》时一模一样。有一次我要他在我的背上敲鼓,他照办了,用手指和后手掌击打我。当他最终为我演奏印度鼓时,我俩的关系已经快要结束了,那时和他在一起我感到别扭,对他没什么感觉,他被我伤害了,我们在做一些此前没有做过的事情,似乎想看看能否在彼此身上找到更多的感觉,但是我只感到尴尬,正如预期的那样。

■

开始写这部小说时,我觉得在某些特定的事情上我必须实事求是,包括他的生活,好像如果我更改了诸如印度鼓这类的事情,让他演奏另一种乐器,那么写这本书的目的也就不复存在了。由于我想写这些事情由来已久,我觉得我必须如实写出来。可令人惊讶的是,当我如实写下后,却发现我可以修改或者删除它们,就好像只要写过一遍,我就已经满足了我想要满足的东西,不管它是什么。

有时候事实本身似乎就已经足够了,我只要把它们稍加压缩,重新排列一下。有时候光有事实似乎还不够,但是我不愿意过多地虚构。大多数事情保持了它们原来的样子。也许我想不出来要用什么来取代事实。也许仅仅是因为我的想象力太差。

我一再回头来写这部小说的一个原因是我以为既然我已经知道了这个故事,几乎无须思考就可以把它写出来。可是我越写越不知道该怎么写。我无法决定哪些部分是重要的。我知道我对哪些部分感兴趣,可是我觉得我必须把所有的事情都写进去,甚至那些枯燥无味的部分。所以我努力写完那些枯燥的部分,想等到有趣的部分来临时再去享受写作的乐趣。但是每一次我都在不知不觉中越过了有趣的部分,以致我不得不认为也许它们并非那么有趣。我彻底气馁了。

好几次我想放弃这部小说。我还有其他事情要做,另一部想动笔的长篇,几篇想要完成的短篇。如果可能,我倒是愿意让别人替我写这部小说——我不在乎谁来写,只要写出来就可以。我的一个朋友说如果我没法完成这部长篇,至少可以保留其中的某些部分,用它们做素材写几个短篇,但是我不想那么做。实际上,我不想放弃,因为那时我已经在上面花了太多的时间。我不确定这是否可以成为坚持做一件事情的理由,尽管有些情况下它一定是。有一次我出于同样的原因与一个男人相处过久,因为我俩之间已经有了那么多的过去。不过也许我其实是有更好的继续写下去的理由的,虽然我不确定到底是些什么理由。

所以我一直做不到不用思考就动笔。我尝试过按照时间顺序来写,行不通,于是我又尝试按照随机的顺序来写。这么写的问题是怎样安排一个能够让人读懂的随机顺序。我觉得我可以用一件事引出另一件事,每个部分都由它之前的那个部分衍生出来,同时又包括了对前面那个部分的一些释放。我试过使用过去时,然后又回到现在时,尽管那时我已经厌倦了现在时。之后,我干脆让小说的一部分留在现在时而把其余的部分改回到过去时。

我不断地停下写作去做翻译。我告诉文森特我一周连一页都写不完,他笑了,以为我在开玩笑。不过尽管写一页要花去我很多时间,我仍然觉得接下来就会写得更快了。我总是有一个不同的理由觉得自己会写得更快一点。

有时这部小说像是对我本人的一个测验,过去的我和现在的我。刚开始,小说里的女人并不像我,因为她要是像了我,我就不可能把这个故事看清楚。过了一段时间,当我逐渐习惯讲述这个故事之后,我才能够让这个女人更像我一点。有时候我觉得如果那时的我足够善良,或者足够深刻,又或者足够复杂,只要我愿意的话就能写好。但是假如我只是过于浅薄或者心胸狭窄,无论我做什么也无法把小说写好。

■

我和他在一起与和别人在一起时完全不一样。我努力让自己不像独处或与朋友一起时那样果断、忙碌和草率。我试图变得温柔安静,但是那么做很困难,而且让我感到困惑,也让我身心疲惫。为了得到解脱,我不得不离开他。

其实我本来就得离开他,要去工作。我给学生布置了很多作业,那意味着我手头有一大堆要做的工作,读他们的论文。除了在办公室,晚上回家后我也要工作。

我的办公室位于一栋新楼的第七层,夹在两个经典文学教授的办公室之间,非常宽敞,摆满了空书架,有一排又高又窄的窗户,可以俯视外面的网球场、桉树林和远处的海。窗户的密封性很好,隔音。但是每次我停下工作倾听,都能透过墙壁听到各种声音:一名学生和教师一起发出的笑声,然后是教师解释时有节奏的诵读,然后是念拉丁语动词发出的嗡嗡声——好像总是动词 laudare,"赞扬"的意思。

我会停下工作,看着窗外,先把手再把胳膊放到鼻子跟前,闻自己的皮肤。我自己的气味——香水味和汗味——让我想到他。

另一种让我想到他的气味是我床上墨西哥毛毯上生羊毛的气味。为了让我多睡一会儿他经常会早早离开,可是这样一来我反而睡不着。一两个小时之后他会到我办公室来找我。如果是我先起床,比我晚起床的他会仔细地把床铺铺叠整齐。他第一次那么做是在他第一次在我那儿过夜的时候。对我来说,每一次他那么做都表现了一种温柔,他在认真整理我的东西,帮着我收拾房子。

■

我在一间拥挤的房间里等他。他还没有来和我会面，我得出结论他不会来了。我觉得他已经抛弃我了，我俩在一起还不到一周呢。我失望到了极点，房间里此前曾有的生机似乎已经消失殆尽，连空气都变得稀薄了。人群、椅子、沙发、窗户、窗帘、小讲台、麦克风、桌子、录音机和阳光都只剩下空壳子。

当他真的离开我后，数月之后，我的世界不只是空虚，它比空虚还要空虚，就好像那个空虚的质量被浓缩，最终变成了一种毒药，就好像所有看似健康有活力的东西其实不过是被注射了有毒的防腐剂。

那一次他没有离开我，他只是来晚了。当我起身离开时看见他在门口的人群中。房间里的每样东西又有了生命。他向我解释说他忘记了时间。他有时会忘记时间，忘记自己正在做什么，他并不总是知道自己在干什么，也不总是知道如何计划自己必须做的事情。做必须做的事，有的时候，对他来说很困难。

我们一起离开那里去一个朋友家，一路上争吵不休。

■

　　认识他以后我至少参加过七次朗读会，可能还要多一些。描述一场朗读会有点困难，只能说它有点激动人心，而要在同一部小说里描述多个朗读会就更困难了，即便听到的某些诗歌让我生气，我还真生气了。我可以把它们改头换面变成讲座或是舞会，不过我觉得自己不会参加超过一次的舞会。最近的一次朗读会主题是"音韵诗歌[1]"，对我来说那是最艰难的一次。因为我被迫一动不动地坐在那里，脑子不知道该想什么，它游离我的身体，穿过玻璃窗户又去寻找他。

1　在文中指一种通过现场诵读时的韵律、声调、语气而非词汇、意象来表现诗意的诗歌。

■

  我们在为他的朋友姬蒂争吵。我们坐在他的车里，车子停在一条布满阳光的窄窄的街道上。两边都是小块小块的修剪整齐一直铺到白色人行道的绿色草坪。坐落在草坪上的全是一栋栋白色的小房子，一层楼，红瓦屋顶。一栋房子的旁边长着一棵矮棕榈树，另一栋房子旁边是橡皮树灌木丛，第三家则是开红花的藤本植物。这条街上的每栋房子似乎都有一块草坪，草坪上除了草只栽种一种东西，好像有什么规定似的。阳光斜照下来，被白色的人行道和住房的白墙反射回去，因为这些房子又矮又小，周围几乎没有什么树，可以看到大片的蓝色天空。当时我们在那儿等着下车去朋友家。要不因为我们是第一个到达的，要不就是因为我们想把架吵完了再下车。

  几天后他自己有个朗诵会。他将朗诵几首他写的诗和一篇短篇小说。他告诉我，他想要邀请那个叫姬蒂的女人，因为她帮助他策划了那期朗读会。

上一次他提到她是在我的办公室。他在办公室外面的过道上追上我，用手臂搂住我，在过道里吻了我，大庭广众之下，他这一举动让我感到紧张。尽管过道前方似乎是空的，我觉得身后有人突然出现又随即消失了。

坐在我的办公室里，他先是抱怨她，然后又开始替她担心。我简直连那个女人的名字都不想听到，因为只要一提到她的名字，他似乎就从我身边走开，出了这个房间，留下我坐在那里，面对着他那张茫然的心事重重的脸，因恼怒而紧锁的眉头，还有他那僵直的身体。我感到自己被遗忘了，或者说至少我对于他的意义被他遗忘了，就好像他突然把我误认为一个可以吐露他对姬蒂的担心或抱怨的老朋友似的。

姬蒂几周后出现在他的房间里，我怎么也理解不了他对她那次造访原因所做的解释。

■

他的朗诵会安排在一个星期天的下午，地点是城里破落地区的一栋建在小山上的优雅的老房子。房子楼梯间的栏杆粗大结实，彩色拼花玻璃的窗户，厚重的门帘被丝绒绑带拉向大门两侧，壁龛、飘窗、高高的天花板和大吊灯。和他一起朗诵的还有一位诗人，一个与我年龄相仿的男人，不过我不记得他的样子了，而且我还把这次朗诵会与几个月后在这里举行的另一场朗诵会搞混了，那次朗诵会上一个女人读了一篇与《鲁滨孙漂流记》有关的短篇小说。我站在房间的后面，从那里可以把目光扫过人群，越过拱形过道投向另一个房间，一间空房间。我从我站立的地方注视着我所能看到的他，隔着一间房子的距离，在一个讲台上。越过观众的头顶我只能看到他的头和肩膀。我做好了难堪的准备，为他，假如他朗诵得不好或者朗诵的东西不太好的话。但是他自信地朗读着，声音清亮，朗诵的东西听上去也不错，尽管我不是特别喜欢他读的那篇小说。姬蒂没有去。

■

  我本来可以就那栋他在里面朗诵的房子多说几句,不过我不确定在这部小说里该对它做多少描述。另一样可以描述的东西是风景地貌:一直蔓延到人行道边上的发红的砂土,海平面之上峭壁的线条,还有下降到水边、被侵蚀了的砂石沟壑,海离得很近,涨潮的夜里我能听见海浪的声音,像一次又一次垂落的窗帘。这里气候干燥,所以没有翠绿的景色。一年的大部分时间里山是棕色的,仅有的深绿色植物生长在湿气聚集的裂缝中,还有就是镇上人工浇灌的植物。肉质地被植物茁壮生长,叶子亮闪闪的阔叶植物拥抱着店铺。由于我以前没接触过这样的地貌,所以对它很感兴趣。这里的地形地貌描述起来有点难,宽阔的高速公路无所不在;总会有某个新建筑突然从一座棕色的小山上冒出来;在开阔的地域,房屋层层叠叠,好像预计到了将来的拥挤;或者在一条小山谷里沿着一条新路一字排开的新住房,末尾的一栋还在建造,只有原木搭成的框架,而最上面的一栋已经有人入住，车道上停着车。极难得会看见某座遗留的旧建筑，像个幻影一样；一栋和公路隔开一段距离的陈旧的低矮平房，一条通向平房的野草丛生、尘土飞扬的小径，房子被枝节盘错、四季常青的橡树和桉树包围着。

带烟油味的桉树随处可见，非常高，树干窜出很高后才生出岔枝。那是一种凌乱的树木，木质松软。树枝不停地掉落，使得树干上枝杈间的间隔很大。窄窄的黄褐色矛形树叶不停地落下来，弄得树下满地凌乱，树皮一长条一长条地剥落，还有那些小小的像木纽扣一样的桉树籽，一面是棕色的，有一个凸出的十字，另一面则是灰蓝色的。学校的一位老教授经常抱怨，晚上他躺在床上时常被附近一只猫头鹰的叫声和桉树籽落下的声音吵得睡不着觉，那些桉树籽落在他头顶上方的屋顶上，再滚到屋檐边，一个接一个，跌落滚动，跌落滚动，彻夜不停。

■

朗诵会结束后，傍晚时分，我和他与一帮人去附近另一座山上的一位朋友家，就在进出湾区机场的飞机的航线的正下方。大多数时间我们待在后院里，经常有巨大的飞机从我们头顶低低飞过。每次，我们都会停下来，等飞机飞过去后再交谈。院子里杂草丛生，屋旁种着一棵漂亮的酸橙树。两个小男孩一次又一次地把球抛向空中，球总是被树枝卡住或者落在后院的遮阳棚上。

他没有朗读我知道的那篇短篇，就是我们认识的第一晚他把它说成长篇的那一篇，一篇非常清晰、精准和自信的小说，讲一对在海边认识的中年男女，女的在休假，男的在一家旅馆工作，小说的背景像是欧洲。小说由安静、措辞优美的描述构成，包括对阳光照在女人苍白大腿上的效果的描述，我每次读到那段都心生欢喜。那篇小说的好多部分我都很喜欢，以至于觉得其他的部分似乎也不错。现在我怀疑自己之所以被他吸引，是因为他具有想要写出这类小说的大脑，我喜欢的那一类，或者说他之所以被我吸引，是因为我具有喜欢他爱写的那类小说的大脑。我的一个朋友读完那篇小说后说不喜欢，原因是小说里的角色虽然相互冷漠而有距离，却仍然被他们之间无声的理解紧紧捆绑在一起，那不是他想了解的人。我不那么想，我只对那篇小说的写法感兴趣。

后来他给我念了七首他写给我的短诗。他告诉我他规定自己每首诗必须涉及一种花卉。他不让我保留那些诗，因为还没有写完，直到最后他也没有送一份给我。也许他一直没写完。不像那篇小说，我手头没有那些诗，不能重读一遍看看我现在的观点。那篇小说就在我房间里，放在一个单独的文件夹里，这些年我没怎么读，担心了解过多后反而不能客观地看待它。不过每次读完，小说里的语句都会在我耳边平静地回响，小说的次序和清晰程度仍让我感到愉悦。

他的诗我还记得几句，有一句说海岸有一英里长。那是我家和他家之间的一英里。我喜欢那些诗，不过它们比那篇小说写得更用心，或者说他在上面花费的心思太明显，让它们看上去过于谨慎，而那篇小说则恰到好处。我听过那几首诗，在他的朗诵会上还听过其他几首，我还在图书馆读到过另外的几首，也许就是他朗诵的那几首，我很熟悉他的一篇短篇，在他的朗诵会上听到过另一篇，后来他会把他写在笔记本上的东西念给我听，有关他的写作我知道的就这么多了。他一直在写，时不时地会告诉我他正在写一篇短篇，一个剧本，或另外一个剧本，再后来是一部长篇,但是我一个也没有见到过,因为他似乎从来不能把一部作品写完,不是放弃了就是暂时搁在一边,用他的话说,开始写下一个。他不给我看他的作品,除非是几乎完成了的。

他把东西写在一个笔记本上,我把东西写在一个笔记本上。当然,我们写的东西有些与对方有关,有时我们会大声念出笔记本上的内容。我们写下的通常是我们不愿当面告诉对方的东西,不过我们会把它们大声念出来。但是念完后我们并不愿意就此再做讨论。

所以说在我的沉默和他的沉默背后有很多交谈,但是这种交谈是在我们笔记本的页面之间进行的,因此也是沉默的,除非我们选择打开笔记本朗读。

■

　　如果他是一个糟糕的作家，我觉得我不会和他继续交往下去。或者说对他视作最重要的东西缺乏尊重很快就会毁掉我俩的关系。不过他写得好这个事实也不能加深我对他的爱。我爱不爱他与他的写作无关，和他讨论写作的时候，我觉得自己不像他的恋人，我们像两个彼此虽不了解但互相尊重并有好感的人一样疏远。

　　这种时刻我俩之间的距离与我们和朋友聚会时有点相似。在别人面前，我们从不流露出我俩之间有什么特别的迹象。唯一能让人生疑的是我们总是一起到达一起离开，这是两个我喜欢仔细品味的时刻，部分原因是它们与其他时刻的反差非常大，在这些时刻里，我们的亲密关系是不被承认的。我并不因为他而感到丢脸或难为情，不过我经常想从他身边走开，这样尽管我知道他在我附近，但我并不接触他。实际上，我既希望有他在我附近，同时又想从他身边走开。

也许我们从来没有忘记过我俩关系中的怪异，有人会因为他太年轻，或者因为我是老师他是学生而不赞成我们的关系，尽管他并不是我的学生而很多老师都是他的朋友，而且他比大多数学生大很多。也许我们感觉到了只要我们在朋友面前拉拉手，就会引起他们特别的关注，这会满足他们对我俩一起时所作所为旺盛的好奇心，我们之间的关系到底是怎样的——我对他的做派是否像母亲？他是否像儿子或父亲那样保护我？我俩的行为是否像同龄人？紧张还是放松？我俩一起时是暴力还是温柔？刻薄还是善良？

我知道他们的好奇心很旺盛，因为在那个地方，至少我住在那里时，甚至在我离开后也一样，大家对朋友熟人甚至从未谋面的人的生活都怀有极大的兴趣。大家对故事有一种强烈的饥渴，尤其是涉及感情和戏剧性的故事，尤其是爱情和背叛，尽管通常情况下这些好奇和兴趣并没有多大的恶意。

∎

  另一场朗诵会是一个我在笔记本里用"S. B."标记的人举办的。朗诵会结束后，当时他坐在我后面一排，我们一伙人去了一家墨西哥餐馆。那个钟点餐馆里用餐的人很多，特别是墨西哥餐馆，因为三五成群的朋友和接待来学校参观的团队通常在这时出来用餐。我在小说后面提到一家日本餐馆的一次晚餐，其间我离开餐桌去厕所旁的电话亭打电话给他。我并没有描述具体的饭菜或一起用餐的朋友，尽管出席者中有些人非常有趣。实际上，在那一段时间里我也交往了一些有趣的人，因此所有与这个故事有关、所有我没有写进去的人和事可以被写成另一篇甚至好几篇小说，与这一部小说的特色完全不同。

  后来，我们单独站在一个朋友的客厅里，我因为不愿意吻他而触怒了他。他也许认为我为他感到难堪，其实我仅仅是不想让他在那一刻吻我。

  我想不起来"S. B."是谁了，又是哪一类的朗诵。尽管尝试了无数次，我还是想不起来朗诵会前一周发生的事情，那时我俩对彼此刚刚有所了解。那一周我笔记本上只有两条记录，而且只有一条与他有关。在那条记录里我记述了一件在我看来毫不重要的事件：我与一个我标记为"L. H."的人在校园里的一家咖啡厅吃午餐。我们坐在室外的露台上。一只臭鼬出现在靠近我们的一个种着树的水泥花盆上，在前来用餐的学生和教师中间引发了一场慌乱。我碰巧瞟了一眼通向咖啡厅的过道，看见他端着一个盘子站在那里，一脸的不高兴。我以为他是因为很多人选择坐在阳光下，所有的位子都被占了而感到扫兴，不过他也可能是由于眼睛不舒服或者光线太强才皱着眉头，因为他经常皱眉头，特别是在阳光下。我不记得他是否看到我们并走了过来，是和我们坐在了一起还是径直转身离开了。如果不是在笔记本里记下了那周的事情，如果不是想起了那次朗诵会，我觉得我不会如此清晰地意识到那些已经完全没有记忆的日子。

  我借助记忆和笔记写作。如果不是写在了笔记本上，很多事情我都已经忘记了，不过我的笔记本也漏掉很多事情，而我只记得其中的一部分。还有一些记忆与这部小说无关，有些好朋友没有出现在这部小说中，或者只是模模糊糊地现了一下身，因为当时他们与他无关或者只有很少一点关系。

∎

  当我回想起他在阳光下皱着眉头看着咖啡厅阳台的那个片段时，我怀疑自己一直对他在另一个场合皱眉头有所误解。在我仅有的一张他的照片里，他在离我约十五英尺[1]的地方皱着眉头面对着我。当时他正在一艘属于我表兄的帆船上，弯着腰，手里忙活着什么，也许在系绳索，他侧过脸抬头看我，皱着眉头。这张照片不是很清楚，或许是用一台比较差的相机拍的，我一直以为他皱眉头是因为我选择那样一个时刻给他拍照而惹恼了他，当他正在一个令他不快的人的船上试图完成一件困难的事情的时候，他不愉快是因为这人向他发号施令，让他做一些诸如把绳索系紧的事，而且这人显然不赞成我俩的关系。现在我意识到他皱眉头或许只是因为他抬头朝我这边看的时候眼睛突然遇到了强烈的阳光。

  那张照片拍完一年后我和同一位表兄出海，乘坐的是同一

---

1 1 英尺约为 0.3 米。

艘帆船。回家后,我碰巧又拿出那张照片来看。这一次我无法把我的所见与所知统一起来。他在那艘船上,在照片里,我正看着他,可是他不再在那艘船上了;而我一天前还在那里,当时我也知道他不在那里。实际上,照片拍完不到一小时他就不在船上了,因为拍照的时候我们已经到了码头,正准备上岸。不过只要他还和我在一起,某种程度上他仍然在那艘船上,没有完全从船上消失,像一年以后那样。

■

由于最近和埃莉通电话时说起那张照片，我一直在琢磨它。除了埃莉在英国的那一年，很长一段时间里她住得离我都很近。不过现在她又要搬家了，这次是去西南部。她告诉我她昨天去公寓楼的地下室找东西。首先她发现储藏室的挂锁打不开了，另一位租户认为那个储藏室是他的，指示他的助理把埃莉多年前放置的挂锁撬掉并换了一把新锁。那把锁是埃莉父亲的，是她保留下来的他的唯一一件遗物。总之，这次搬家所有的事情都让她不快。而现在她更加恼火，因为她父亲的锁被一个陌生人损坏移除，她连自己的储藏室都进不去。后来，当她可以进的时候，却发现有些书籍纸张已经在一次洪水中被彻底损坏了。

不过她打电话来是要告诉我，她在一个箱子里找到几张他的照片，她觉得我可能会要。一开始她说有两张，但是随后，在她一边和我说话一边翻阅手中的那叠照片时，一个她不记得的派对上拍的照片，照片里大部分是我俩都认识或只有她认识的人，她发现另一张照片里也有他，尽管在那张照片中他被一群人遮住了一部分。她问我想不想要这些照片。我告诉她说想要，不过我说我收到她寄来的照片后也许不会马上拆开看。

到目前为止，我已经习惯了他那根据我自己的记忆和那张我仅有的快照创造出的面孔。如果看见一张他清晰的照片，或者更有甚者，看到几张他不同光线不同角度下的照片，我将不得不去习惯一张新的面孔。我现在还不想被打扰，我知道我倾向于根本就不拆开信封。但是我会很好奇。

■

楼下，护士正在为文森特的父亲弹奏钢琴。她果然在我知道她会弹错的地方弹错了。我倾听着她的错误，无法听见我想要写的词语。不过老头子倒是挺喜欢听她弹琴。

在这些气候温暖的日子里，蜘蛛在台灯四周和灯罩底部织网，很多奇奇怪怪的黑色虫子绕着台灯不停地飞。我们给所有的门窗装上了纱窗，但是猫把几扇纱窗底部的角落抓破了。蜘蛛还会在晚上织出一根根横跨院子小径的蛛丝，甚至就在我走路去街角杂货店再走回来这么一会儿的工夫里，以至于当我走进家门时，裸露的腿上都沾着软绵绵的蛛丝。

在那片草地为建造联排别墅而被铲除之前，我开始学习辨识那里生长的野花，然后是野草。以前我从没想到过要去辨别草的种类。现在我意识到我也应该能够根据蜘蛛的外貌、所织蛛网的形状、生活习性以及选择的住所来辨识它们，这样我就可以用名字而不是"大蜘蛛""小蜘蛛""棕黄色小蜘蛛"等来称呼它们了。

有时候我觉得还有一个人在和我一起写这部小说。读一段几周没有看过的段落，很多地方我或者认不出来，或者只有一点模糊的印象，我对自己说，嗯，还不错，是对"那个"问题的一个合理的解决。但我不太相信找到这个答案的正是我自己。我不记得自己是怎样寻找的，我感到释然，就好像我原以为那个问题还没有答案一样。

同样，我决定在小说的某个地方加进某个想法，后来发现几个月前我做了笔记要在同样的地方加入同样的想法，但并没有加。我有一种奇怪的感觉，几个月前的这个决定是别人做出的。现在由于我俩建立了共识，我突然变得信心十足：如果她也有同样的计划，那一定是个不错的计划。

不过其他时候我发现和我一起写作的这个人粗心草率，这下我的工作更加困难了，因为我需要努力忘记她写的东西。我不仅要把这些部分删除或划掉，还得忘记它的声音，不然我还会再把它写出来，就像听写一样。这事我很有经验，因为在做翻译的时候我必须尽可能在第一稿就找到最好的英文表达，不然一个糟糕版本的声音会一直跟着我，让我很难写出一个好的版本。

还有一个问题，在小说的某个地方，我不停地把一个句子放进去再拿出来，因为我觉得那个句子似乎属于那个地方。刚才我弄明白自己为什么会这么做了：把那个句子放进去是因为它有意思、可信、表达清晰；把它拿掉则是觉得哪儿有点不对劲。再次把它放回去是因为句子本身很好而且可能是真实的，而再次拿掉它则是因为经过仔细验证终于发现，在那种情况下，它其实并不真实。

写下一个句子又立刻拿掉还有一个原因：某些情况下，我必须把一个句子写在纸上才会知道它并不适合这部小说，因为当我在心里默念这个句子的时候它还有点意思，但写下来以后就不再是那么回事了。

∎

在很长一段时间里，我们的昼夜遵循着相同的模式。我会工作上一整天，有时要一直工作到晚上，或者与其他朋友共度夜晚，他会去上课学习写作或见他的朋友，然后，通常很晚以后他会去我家，我们一起喝瓶啤酒，聊天，上床睡觉，早晨起来又各自去做自己的事情。我们极少不睡在一起，因为我一个人很难入睡，加上开头几个月他房间里没有床，只有地上放着的睡袋。他告诉我，只要能睡我的床，他就不准备买床。

他几乎身无分文。他没有多余的钱去买像床这样的东西。认识他越久他的钱越少。他在等一项被推迟了一周又一周的学生贷款。我有太多的钱，那个时候，而且一下子不习惯有那么多钱，所以花起来想都不想，有两次他要用钱的时候我借给了他。每次接受时他都很犹豫，不过第一次比第二次更犹豫一些。第一次，我借给他一百块钱，其实即使不拿我的钱，他也已经因为比我小十二岁和是一名学生而感到不自在了。他很快就把钱还给了我，但是第二笔，那三百块钱，我第二次去东部之前借给他的，他一直没有还我。

他找工作也是困难重重。我觉得他似乎在学校图书馆工作了一阵。离开我的时候他在一个加油站打工。

有时我会为他弹钢琴。他喜欢听我弹琴。他安静地坐着，坐在床边或没铺地毯的地板上的一把硬椅子上，看着我，认真地倾听着。从他的脸上，和往常一样，我得不到一点他在想什么的线索。我们曾一起打网球，直到我觉得自己再也无法进步而泄气为止。我们一起见朋友，不过几乎都是我的朋友。尽管他们认识他更久，却不是他的好朋友，不是因为他太年轻就是其他什么原因，但是他们很快就成为我的好朋友。有一次，我们和埃莉一起在一家金碧辉煌的海边老酒店小酌。埃莉后来跟我说，她觉得我对他有点冷酷，当时我们三人并排坐在一张沙发上闲聊，看着酒店的客人从面前走过，在附近一张放着一个古老拼图游戏的桌子前稍作停顿。

我们认识后不久曾一起去拜访伊芙琳，一个我和埃莉共同的朋友，她和两个幼小的孩子住在一栋小房子后半部分的三间房间里。我们拜访的那天两个孩子都很亢奋，他们在几乎不停地快速奔跑着，大哭大笑，用拳头互相捶打或捶打他们的妈妈。我们和伊芙琳在一间较大的房间里聊天，那间房子是她用来做饭、吃饭、睡觉、工作和阅读图书馆借来的书籍的地方，孩子们则在一起疯玩，有时跑到外面的小竹林里，绕着屋后小巷里放着的垃圾箱跑，有时从他们卧室窗台上一次又一次地往床上跳，或是躲起来喊他们的妈妈去找他们，或是脱光衣服坐在一个大草篮子里。伊芙琳不停地站起身，用她温柔无效的方式训斥他们，或者从卫生间拿来一个灯泡或是一包厕纸，她从来不多买点生活用品备用，所以总是从这个房间借一点给那个房间用。每当伊芙琳离开房间，我都会仔细看一眼和我同坐在一张大圆餐桌旁的他，感受和他在一起带给我的满足感，简单地坐在那里看着对方竟带给我们如此的满足，对我来说，似乎在那里爱他比在任何地方都更加容易和简单。

现在我觉得这也许和伊芙琳的天性有关。伊芙琳看待事物的方式与大多数人不一样。在她看来一切事物都新鲜有趣，她经常被自己看到的东西震惊和感动，出于某种仅属于她的古怪和无法预知的原因，她会停下手里正做着的事情，对其大加赞叹，不能很快回到其他事情上去，这甚至也反映在她准备饭菜上：要么做得不全，因为她只能做出一道令人惊喜的主食或菜肴，要么虽然做完了，却比她说好的用餐时间晚了好几个小时，因为她会停下来花过多的时间考虑一道菜的每个步骤。她不对事物妄加评判，即使评判也不严苛，或者说那些评判不是针对他人的。所以，有她在场，所有的事物都充满美妙的可能，那个下午我感觉到当时的一切都完美无缺。

对我来说，他不在我身边时的那部分生活并不那么真实。他并不强迫我关注它，由于他过于谦逊，或是假装谦逊，说到自己时他总是三言两语带过并随即转移话题，好像如果在这个话题上过多停留，有些东西就会遭受损失或者受到伤害。

我不知道他不在我身边时到底在干些什么。我能够想象他单独待在自己的房间里；我能够设想他在做一份工作，永远是一份低下不体面的工作；我能够设想他在他的车库里。还有就是一些不和我在一起时他必须做的日常琐事：购买食品、做饭、打扫公寓、洗衣服。他和朋友在一起时的情形我只能勾画出一个模糊的画面，一群我不认识、住在城里某个没人知道的地方的人。大多数朋友像他一样年轻，尽管我也曾那么年轻过，但我并不认为那个年龄段的人有什么意思，所以，我倾向于把他们归入没有特征的人群。当我勾画他和他们在一起的场面时，他似乎更年轻了，就好像他们是他的玩伴而我则是他的姨妈——不完全是他妈，尽管我发现他妈本人也很年轻，甚至对他来说都显得很年轻，像一个大姐姐。

我不知道他有多少时间和那些朋友在一起，因为他不是每次去见他们都会告诉我，或者即使告诉了我，也不会向我透露他们在一起待了多久。我无法相信他们在一起的时候会发生什么重要的事情。我的感觉是他和他的朋友只是坐在哪儿闲聊，这种闲聊既没有给他们增加什么也没有改变他们，只不过让他们在消磨时间的同时变老了一点，或许更能经受一些有趣的变化。而他们闲聊的地方会是一间房间、一套公寓、一栋住宅、校园酒吧或者学生中心——某个私人场合或校园里的某个地方，但不会是镇里的公共场合，比如他和他那位年纪较大的朋友见面的咖啡厅。

那是一个我有可能感兴趣的朋友，一个古怪、离群索居、在我脑中隐约与文学有关的男人，按照我当时的看法他几乎或者已经是一个老头了，尽管现在我意识到那时他或许还不到六十岁，当然，当我越接近五十岁时，六十岁在我眼中就越显得年轻。他会和这个朋友在咖啡厅见面或者去他位于城里某个神秘地方的住所，我想象那个地方是古城区的中心，一个或许比城里最古老的地区还要古老的地方，那座城市的大部分地区都还比较新。也许正因为我不知道它究竟在哪里，想得越多我就会把它想象得越古老。

这位朋友住在一间堆满书架和书的小单间里，房间里弥漫着脏衣服的馊味和刺鼻的烟草苦味——或许，由于我从来没有登门拜访过他，这些都是我对一个独居老人的想象？我还设想这个老人留着胡子，腰上、大腿、胳膊和脸上都排着点赘肉，不过我不记得这是他告诉我的，还是他第一次跟我说要去一个堆满书的小房间里见一个老书虫时我脑子里立刻形成了这个图像，而且对此从来没怀疑过，以至于这个图像被我当作事实在脑子里存起归档了。

实际上，多年以前，我还认识另一个接待了一位热血青年的老书虫，也许我只是把我知道的图像加在了这个老头的身上。

尽管对我来说这个朋友比他的年轻朋友更有意思，也把我对他的评价提高了一点，而他的年轻朋友以及他们一起时的所作所为只会降低我对他的评价，我对这个朋友的兴趣还是很有限的，因为对我来说这段友谊并不完全纯真而是被污染了，在我看来，这段友谊被他的自我意识污染了，就像他很清楚一个理想、上进、才华横溢的年轻人与一个比自己年长很多、穷很多、受过更好教育的男人之间的友谊会感动别人，在这样一个人的面前年轻人的虚荣心会逐渐减小，他会变得纯洁甚至善良，或者至少会觉得自己纯洁善良。因为我敢肯定，他对这位老人的拜访，除了源于他对这个老头的真实兴趣，还来自他对拜访本身的一种自我意识：和一个与世隔绝的老人促膝清谈，与老人慷慨分享自己的青春活力，分享他敏捷的大脑和他优雅的风度而带给老人快乐。他慷慨地分享这些，因为这种行为不存在被长久扣押的危险，他的青春给他一种许可，让他不仅可以接连几个星期把老人抛在脑后，因为他需要付出巨大努力为自己创造或开始某种新生活，因此无力旁顾；而且也可以在需要离开时突然而永远地离开老人。所以，尽管他在说到老人时声音里带着真实的温柔和欢乐，但其中却混杂着一种幼稚的亢奋，一种幼稚的骄傲，这种骄傲源于他拥有的不同寻常的珍宝，那就是他与一个古怪的、身上有股怪味的老人之间的友谊，一个白天睡觉晚上不睡，属于东方甚至欧洲而不属于西方，和我们在那海边小镇种着棕榈树的街上见到的人丝毫不同的人。

现在我想起来他的几个朋友与小城的剧院有点关系，尽管我不确定他们是学生还是专业演员、导演或剧务人员。我记得当他和我谈起那个剧院和那些朋友时，他的声调更坚定，更有信心，好像他希望或是说期待我会被他的话打动，至少，会被他那些显然很尊重他的朋友跟戏剧表演这类激动人心的活动有关系这个事实所打动。但我并不确定他生活中的人和事是否会引起我的兴趣和尊重，除非那是同样能在我的生活中引起我的兴趣和尊重的人和事。

举例来说，我知道我因他读过某些书，读得仔细且有条有理而尊重他，但那些都是我自己也打算读的书。而且我还因为他的写作风格而尊重他。

我本来就没打算与他的年轻朋友多来往，也许根本就没打算跟他们有来往，他们年轻得让我觉得自己是个老女人或者是他们的老师，而他们会像尊重老师那样尊重我。

不过有一次我们一起去看话剧时我见到了其中的几位，我转眼就忘记了剧场内部的样子，实际上，我只记得靠近前门的一个角落，还记得与一群他认识的人握了手。

我不记得那是否就是后来我们去了一家咖啡店的那一天，还是我俩又一起去过一次那家剧院，之后我们碰到他的一个朋友，去了一间酒吧还是咖啡厅喝啤酒，谈论话剧和电影。不过我从来不喜欢谈论话剧或电影。而且我从来就对戏剧没兴趣。他想要写剧本。就在我们彻底失去联系之前，他告诉我，他曾获得过一个戏剧学校的奖学金。这就是那份他一直希望得到的奖学金，但他告诉我他决定放弃。如果拿了，他说，他的生活会变得过于容易。他给我的理由有可能是真实的，不过也有可能是为了给我留下一个好印象而编造出来或是夸大了的。如果这些理由是真实的，我被打动了，不过与此同时，我知道它们有可能并不真实。

我不知道他是否想要我认识他的年轻朋友。我知道他希望我和他在一起时放轻松一点，不要那么严肃，因为有时他会明白无误地告诉我："我希望你多和我玩玩。"我也知道他希望我们能在他的住处多待一些时间。不过身处熟悉的环境，靠近我可以做的事情和让我感兴趣的东西，会让我觉得更轻松自如一些。

我觉得出于同样的原因，我几乎从来不坐他的车。我告诉他不想坐的原因是他车子上坏掉的消音器的响声太大，现在来看，那当然不是一个很好的理由。如果不是害怕被他的世界吞没，如果不是固执地死守我自己的世界——我自己的车、我自己的家、我自己的小镇和我自己的朋友，我完全可以忍受那震耳欲聋的响声，甚至乐在其中。

我一直试图回忆他车子内部的样子。我看见一些红色的东西，不过我不知道那是他的格子呢夹克,还是他放在车里的一条毯子,或者是座椅的颜色。我几乎可以肯定车内的空气很浑浊,有一股子旧车、座椅的干皮革和塞在里面的东西发出的霉味,这股气味被干净衣服发出的气味覆盖着,因为他的衣服总是洗得干干净净。我确定车子的后座甚至前排座位上杂乱地堆放着衣服、书籍、笔记本、散落的纸张、钢笔、铅笔、运动装备和其他杂七杂八的东西。我知道他第二次被房东赶走后,睡在女朋友的公寓里,但没有地方存放东西,他把所有的衣服都放在车里随身携带,或许还有其他的东西,只要车里能放下。

尽管如此,他曾时时刻刻地寻找他的汽车,历时数月的持续不断的寻找让我养成了留意与他的车子相像的车子的习惯,那辆车开始呈现自己独立的生命,变成了一个生命体,一种动物,一只宠物,一条宠物狗:友好、忠诚;或一条野狗:凶恶、残暴。

■

  我一次又一次地感到惊讶，自己竟然与这样一位年轻人在一起。我认识他的时候他二十二岁。在我了解他的过程中他步入二十三岁，可是等到我三十五岁时已经不知道他身处何方了。

  想到他比我年轻十二岁我会觉得有意思。我不知道是我后退了十二年去和他在一起，还是他前进了十二年来和我在一起；我是他的将来还是他是我的过去。有时我觉得自己在重复一段很久以前的经历：就像年轻时那样，我再次与一个有抱负、有才华、理想主义的年轻人在一起，但是现在，由于年龄已大，我具备了早年与年轻人在一起时不具备的信心和影响力。但是这也让我们之间有了一段本可以不存在的距离。

  我对他说和他在一起让我觉得自己年轻了，他说和我在一起让他觉得自己变老了。当然，反之亦然：和他相比我会觉得自己比实际年龄还要老，而他则觉得自己更年轻了。他肯定会因为我的年纪而感到不自在，有些时候，因为这个原因他会在谈到我熟悉的东西时特别小心，不过与此同时，年龄的差别肯定会让他觉得自己更深沉了。

他告诉我他害怕自己说出的话会让他在我眼中显得年幼无知。我现在才意识到这对他来说是多么大的负担：每次说话前，他需要先想象，在开口之前，哪些话对我来说会显得年幼无知，并避免把它说出来。

我知道得比他多，至少在某些事情上，时不时地，当他说错了我会纠正他。我并不比别人知道得多。我完全不习惯觉得自己知道得很多。我之所以知道得多一点是因为我多活了十二年。我多出来的知识并非由于我像他那样追求和掌握这些知识，而是因为这些知识仿佛违背了我的意愿，在我身上不停地累积。

我知道得比他多，这让他感到难堪或不自在。但是我看到的则是我们内心的不同，他的内心只向他自己的属地打开，我的则只向我自己的属地打开，谁也不比谁的更丰富。不过他希望能够教我一些东西，他告诉我说，他希望能够帮助找，甚至帮我找份工作，尽管我那时已经有了份工作。他想帮我找份工作，但他不可能帮我找到工作，那时候他甚至没法给他自己找份工作。不止一次，他说他想带我去某个地方。我不记得除了欧洲和那个沙漠他还说过哪里。不过我们从来没去过那个沙漠，他不可能带我去欧洲，他没钱带我去任何地方。

我的一个朋友有一次和我说起过他与一个比他大很多的女人

之间的风流韵事。他同样也想带她去一个没有东西让她分心，她完全属于他的地方，一个无法到达几乎是想象出来的地方。在他给我从头至尾讲述那个故事的时候，包括所有的细节，虽然我从中看到了其他的相似之处，却什么都没对他说。他们在一起的第一个晚上也始于脱掉鞋子的那一刻，不过在那个故事里，是她让他把她的鞋子脱了，而他是在她的卧室里把她的鞋子脱了；是她，在那个故事里，在加油站工作；当她结束了他们的风流韵事之后，是他跑去加油站和她争吵——不过他是个性格比我温和的人，我相信他不会像我那样不依不饶。

我的朋友告诉我他一直想写点有关那段关系的东西。因为不管他说什么她都不听，他无法与她直接交流，只能把与此事有关的东西写下来给别人看，这样的话她也有可能看到，不仅可能会被他的作品所打动，还会因为此事的公开化而被进一步感动。如果她没被打动，他至少会因大声说出这一切而感到满足，而且还能把那段没能持续到他希望的长度的关系转变成能持续更久的东西。

■

　　就好像我参与了他人生最初的部分,他作为成年人的人生,这让我兴奋不已。他身上有种与青春有关的力量,一种纯粹的活力,以及一种具有无限可能的感觉。这些东西注定会改变,我心想,十二年以后。刚开始时确实存在着各种可能性,我心想,随着时间的推移其中的一些会消失掉。对此我无所谓,不过我还是愿意和一个还没有经历过这种变化的人待在一起。

　　不过有的时候我需要和某个已经经历过这十二年,到达了与我相同阶段并得到相同结论的人聊一聊,这时候我愿意和与我年龄相仿的人待在一起,我甚至会转身背对他——假如我们正坐在餐馆里,面向与我年纪相仿的人。当我处于那样的心境时,如果他对我说话,我会转过身来回答他,说完再赶紧转过身去,好像他得了传染病,或者像是害怕被拖进他的青春,害怕抓不住我自己的年龄、我自己的年代,会顺着这些年头滑回到那无辜、精力充沛却又伴随着某种无助的青春年华里去。我自己并不想要那样的青春年华，但我想要和它在一起，触手可及，在他的身上。

然而，如此显而易见地忽视他，在那样的时刻里，反而让我更加强烈地感受到我身边的他，要不震惊于我的无礼，一声不吭地坐着，听别人聊天，或者在一旁想着自己的心事；要不就是无视我的无礼，与坐在他另一侧的人闲聊。这时我行为中掺入的忐忑不安被转化成一种强化了的愉悦，就好像忽略他、把他带在身边却又抛在身后只会增强他和我之间的亲密感觉，那种醇厚并没有丢失。这就像经过短暂的拒绝，我们从彼此身上获得的愉悦反而被浓缩了。不过他显然感觉到了我对他感情上的分裂，肯定因此受到了伤害。

■

一天傍晚，我没想到他会来——不是因为他忙就是其他什么原因，我邀请了米切尔与我和玛德琳共进晚餐。晚餐结束后，我们仍然在阳台走廊上的餐桌旁坐着，他跨进院门穿过阳台朝我们走来时，米切尔正在讲述他近期的一次旅行。一见到他，一股恼怒在我心中油然而生，因为我不想在那一刻见到他，不过他肯定没有想到我会有这样的感觉。他轻松自如地在我们中间坐下，听米切尔讲完他的旅行。米切尔告辞后，他带我下山去到我住的那条街尽头的一家酒吧，去见一个他非常崇拜的老师。在场的还有两个学生。我怀着对老师和他的学生的极端厌恶坐在那里，心里的恼怒在持续增强，他们对他的关注强到了几乎对其他事情不闻不问的程度。不过我不知道是我对这三个男人的厌恶加剧了我对他的恼怒，以至于一晚上都无法消散，还是因为我已经恼怒在先了才会如此强烈地厌恶他们。

现在我想起了那个已经被我遗忘了的老师，我也想起他就住在那座山更上面一点的地方，和我同一个镇子，在我南面一点，他习惯在家里授课，他的学生会以专题讨论的形式在那里聚会。

我还想起来那是他晚上去我那儿之前另一个可能会去的地方，或是因为他选了那位教师的课，或是因为他只是偶尔被邀请参加讨论。当我想起一个具体的他可能待过的地方时，我更容易听到他——再一次，让我知道晚上结束后他会从那个具体的地方来我家，让我更容易回忆起我是如何知道他身处何地以及我们有些什么计划，对他随后的到来的期待，像身边一枚熟透的水果一样清晰、显而易见和甜美，看得见，摸得着。在我愉快地工作了一个夜晚之后，开始倾听，在快要结束的时候，他车子的声音，然后是院门处传来的他的脚步声。

■

当他在我面前沉默不语时我发觉他的沉默令人难堪,令人不舒服。我几乎可以肯定他之所以保持沉默是因为害怕说话,害怕我会觉得他说得不对 —— 不准确,或者没有灵气,或者不够有趣。我并非故意对他苛刻,但我是个苛刻的人,这让他害怕开口说话。

他的沉默隐藏着什么,就像他的面部表情隐藏着什么一样,他心里在想什么,他感觉到的又是什么,这迫使我更专注地观察他,试图找出藏在沉默背后的东西。他从来不解释自己,不像我认识的另一个男人,把自己解释得那么透彻,不需要我做任何猜测。我猜测他的原因,我猜测他的想法,可是当我问他我猜测得对不对时,他不予回答,我只好继续猜,猜测我的猜测到底对不对。

他的这种做法保持了我对他的关注,不过有时我会失去耐心。我知道我不该对他的沉默、对他不直接的或者他不紧不慢的做事方式失去耐心，但是我做不到。我希望做什么事都雷厉风行，在大多数情况下，除非我选择慢慢来。其实我是希望所有的事情都按照我选择的方式进行，不管是快还是慢。

如果回头看我对他的不耐烦，我不得不怀疑我爱他的方式。我觉得我在对待他的爱上不太负责任。我会忘记它、忽略它、虐待它。极少情况下，基本上是出于意外，或者是一时兴起，我才会尊重或保护它。也许我只想接受他爱的信托，然后心甘情愿地让他受煎熬，因为在那个爱的信托之下我很安全，不会遭受痛苦。

我和他说话也没那么容易。我想说话，我身体里面我的声音在说话，我想好了要说的话把它说出来，可是说出来的话却枯燥僵硬，那些话无法传达我的感受，对我来说，抚摸他和把东西写下来要容易得多。

由于他对我说的话里包含的尴尬和我对他说的话里包含的尴尬，以及落在我们中间的巨大的沉默，我俩之间有时存在着这种奇怪的拘谨，一种空缺和难堪。也许我们并非一定要交谈，可是在一起的时候我们肯定都觉得我俩之间必须要有某个被称为交流的东西。我们一遍又一遍地尝试着交谈，做得很不好，有太多的障碍。

他的另一些行为也让我不舒服，而这一点他肯定是知道的。朋友聚会时，如果他一声不吭地坐在那里，或者发表的评论显示出他其实并没有听懂别人在谈论的话题的时候，我会感到不自在，他在最紧张的时候口齿反而是最清楚的，他发的"t"音刺耳得清脆，如果他不自然地大笑，他的嗓音会发紧升高。甚至连他的微笑，虽然每次都很灿烂，却显得紧张和不自然，好像他在把自己奉献给我，站在自己的微笑和宽阔的身体后面，笔直、紧张、安静。我觉得他的身体非同寻常地宽阔，他的手臂和腿也非同寻常地粗壮。我觉得他的皮肤白得出奇，四肢的皮肤又宽又白，简直会在黑暗中发光。在暗淡的光线下，在黑暗的房间里透过窗户照射进来的月光或者路灯下，他的皮肤确实会发光。他肯定算是长得帅的，五官看上去很舒服，不过他那张阔脸上，往上翘的鼻子尖得有点儿古怪，他脸上的肤色苍白，透着点粉红，有雀斑，甚至连嘴唇上也长着雀斑。他经常陷入这样或那样不自然的姿势，仰着头，微笑或谨小慎微，当他没在微笑而像是在生气的时候，或者准备和我吵架，但并没在生气的时候，他会低着头，翻着眼皮看着我，嘴唇紧闭。我不能说他的眼睛里没有漂亮的蓝色，尽管那是非常浅的蓝色，而且眼白里经常有一丝血丝。

我们不在一起之后，此前烦扰我的东西不再烦扰我了。我很难找出他不对劲的地方，尽管同样的东西还在那儿，却已经萎缩，在我眼中，变成一个几乎看不见的点。

■

今天我一直在做清点。我在清点争吵和旅行的次数。我需要把记忆里的东西理出个顺序来。理出顺序很难,是写这本书里最困难的部分。但其实,更困难的是我的怀疑,而我对顺序的怀疑则是最最困难的部分。我不怕努力工作,但我不喜欢不知道自己在做什么,或者不知道自己是否在做该做的事情。

我试图找到一个好的顺序,可是我的思绪却很混乱——一个想法被另一个想法打断,或相互矛盾,此外,我的记忆经常是失实的、混乱的、残缺不全的,或是重叠堆积的。

在生活中我本来就不善于整理东西。我没有耐心认真去做这件事。写这本书花了这么长时间的原因之一就是我没有事先考虑和组织好要写的东西,只管写,盲目冲动,以一种不可能的方式写着。然后我不得不换一种方式从头开始。我犯了很多错误,而这些错误直到犯下之后才会发现。

我发现自己仍会忘记做计划要做的事情,而去做一些不在计划中的事情。我发现自己在做的事情比计划中的时间提前了：哦，我对自己说，我已经走到这一步了。

几周前我向埃莉抱怨说本来打算写篇短一点的小说，可是它在不停地变长，显然在我把它削减到合适的长度之前这部小说会变得相当冗长。但是她说这似乎是个完美合理的写作方式。她多年前写博士论文时就是这么干的，她说。她的话给了我一点信心，但是现在我又开始担心了。如果小说再变长一点的话，我能在钱花光之前把它削减回去吗？

我无法把翻译工作完全停下来。最近我想搞清楚自己一个月要花多少钱，手头还剩多少钱，以及接下来的几个月里我需要挣多少钱才能维持生计。我对自己的计算很满意，下楼对文森特解释说我一个月差不多要花 2300 块，我只要做一点点翻译就足够维持一年的生计。可是文森特提醒说我的算术经常出错，我经常忘记那些被他称为隐性的花费。而且我还忘记了我需要为我的收入交税。

我不善于理财。问题之一是我每次得到的报酬总是单独的一大笔款项，大到似乎花不完。我开始花那笔钱，我买的每件东西好像都是我唯一要买的，每一小笔花销似乎都是唯一的花销。直到那一大笔钱全部花光了我才明白花完一笔后还会有另一笔。

不时会出现这样的境况，我几乎身无分文，也没有什么工作机会。我害怕了。这倒不是说我钱都花光之后文森特不会努力把差额补上，而是说如果我不能为我们的开销贡献一分力量，就无法维持我们现有的生活水准。这时我会查看还剩下多少钱，因为我别无选择，只好做一个预算并努力不超支。

有时，电话铃响起，我听见一个欢快的声音说愿意付钱请我翻译一本书。由于我用一种专业、平静的方式与她交谈，她根本不知道那一刻之前的我有多么绝望，就在电话线的另一端。

我并不厌倦翻译，尽管我或许早该厌倦了。也许我应该为自己这么多年后还在从事翻译而感到惭愧。人们似乎对我这样年纪的女人从事翻译工作感到惊讶，就好像如果你还是个学生或者刚出校门，做做翻译也无妨，但是到了一定年龄后你就该停下来。或者翻译诗歌没问题，但不该去翻译散文。或者如果你把翻译散文作为一种打发时间的爱好也没什么问题。举例来说，我认识的一个人，不再需要做翻译了，这成了他现在是个成功作家的标志之一。他偶尔会翻译一些小东西，比如一首诗，不过是碍于老朋友的面子。

部分原因也许是译者的报酬是按字数计算的，所以翻译得越认真，每小时的报酬就越少，这就意味着如果他们非常认真的话有可能挣不了什么钱。通常越是有趣和越不寻常的书越让人煞费苦心。有一两本很难翻译的书，我每翻译一页都要花费很多的时间，结果我一小时连一块钱都挣不到。不过我不确定这是否可以解释为什么那么多人不尊重译者或者干脆不考虑他们的存在。

如果我在派对上对一个男人说我是做翻译的，他通常立刻会失去兴趣，准备丢下我与别人交谈。实际上，我在派对上对其他做翻译的人也有过同样的举动。开始的时候我和那个女人谈得很热烈，因为就翻译这项工作我有太多的话想对一个懂行的人说，那些我思考了很久但由于不经常遇到一位同行而不得不留在心里的话。然后，我的热情慢慢消退，因为她所有的回答都是抱怨，我发现她从翻译中得不到乐趣——对自己的工作没兴趣，对我的工作也没有兴趣。

我记得有一个女人甚至连长相都跟我很相似，或者说她长得像我以为的我的样子，直到我又去照了镜子才不这么想。她留着浅棕色的直长发，用两个发夹把头发别住，戴着眼镜，身材瘦高，五官长得很正常，如果表情不那么呆板的话她还是蛮好看的，穿着整洁，但是衣服单调乏味没有什么款式，也许是一件色彩暗淡的毛衣，一条简朴的裙子。她留给我的最主要的印象就是沉闷、狭隘和愤愤不平。也许我在别人眼中就是那个样子。也许我看上去沉闷而且牢骚满腹，尽管我觉得自己充满热情，不过我的热情有可能更糟糕，对他们来说那是对沉闷事情的热情。

我向另一个朋友抱怨我对这本书的困惑。他问了我一个直接明了的问题，像是"你写了多少了？"或是"还剩下多少要写？"好像我可以回答似的。他说他总是确切地知道一本书还剩下多少要写。他说他一天大约写一页，总是知道他还有，比如说，100 页要写。只有一本书，他说，有点混乱，他为那本书制定了详尽的图表。不过我觉得如果我停下来像他那么去做，我会浪费太多时间，尽管我应该知道不那么做我会浪费更多的时间。

昨天，有大约一个小时的时间，我觉得自己明白了该怎么做。我想：把自己不喜欢的部分拿掉。这么一来，所有剩下的或许都是好的了。但这时另一个声音说话了。这个声音经常打断我，让我产生困惑。它说我不该这么快就把它们拿掉。或许只需要把它们修改一下，这个声音说。或者把它们搬到不同的地方。把一个句子搬到一个不同的地方会改变一切。而且只需要改动一个字就能把一个糟糕的句子改好。实际上，改变一个标点符号就能起到这样的作用。所以我觉得我得不停地移动每个字句并改写它们，直到确定它们不属于任何地方之后才可以把它们删掉。

不过话说回来，也许没有不属于这部小说的东西，这部小说就像一个很难找到谜底的谜语。如果我足够聪明、足够耐心，就一定能找到答案。每次做一道难解的字谜游戏，我都做不完，可是答案登出来后，我又常常忘记去查看。迄今为止，我已经花了那么多的时间来解这道谜语，让我不由得认为到了该去看一下答案的时候了，就好像只需在纸堆里翻一翻就能找到它似的。翻译过程中，有的时候，我会遇到类似的疑惑。我会问：答案到底是什么？——就好像它就在某个地方待着一样。也许答案其实是我回头看的时候突然想到的东西。

不过由于这种谜语的性质，有几件属于这部小说的事情，由于不知道该把它们搁在哪里而被我放弃了，别人永远也无法知道了。

这还不是唯一让我担心的事。我还担心小说写完后我也许会意识到当初促使我写它的动机并不是现在的这个，而且应该从一个不同的角度来写。可是到那时我已经无法回过头来改写它了，小说将保留它现有的样子，而另一部小说——该写的那一部——将永远不会问世。

■

  一共发生过五次争吵，我觉得。第一次在车里，在那次朗诵会之后。第二次发生在我们刚从沿海地区旅行回来的时候。我想不起来那次争吵的原因了，只记得当钢琴调音师背着他的黑色背包、嘴里吹着一首百老汇歌舞剧的流行歌曲走过覆盖着棕色细土的车道来给我的钢琴调音时，我们还没有彻底和好。

  我记得去沿海地区旅行了两次，一次去了一座大城市，我们在那里买了书；一次去看我的一个表兄，他带我们出海航行。

  一共乘船出海了两次，一次坐我表兄的帆船，一次坐的是观鲨船，船上的老头自始至终对我不理不睬。到目前为止，我还没有把乘船观鲨、乘帆船出海或去那座城市旅行写进小说，我们曾在那座城市一家拥挤的餐馆用晚餐，脚边放着装着新买的书的包。

  我单独出门旅行了三次。一次是度周末。第二次出去了三周，在初冬，在我的学期结束后。我们相互写信，通了一两次电话。最后一次，也是最长的一次出行是在冬季结束的时候。我给他打了几次电话，写了一封他从没收到的信。那次出行发生在我住在一套借来的公寓里而他住在仙人掌苗圃上方的那段时间里。

第三次争吵比第一次或第二次都严重，发生在被调琴师打断的那次争吵后的第五天。我即将第一次离开他出行，最短的那一次。我觉得他因为我的离开而生我的气，不管我的理由有多合理，这就是为什么在我出发的前一晚他给玛德琳留了封短信，她气愤地转给了我。他在短信里说尽管我们计划好了要见面，他却不能来见我。他没做任何解释。

他选择和姬蒂共度那个夜晚，先和她去看电影，完了在他房间里和她聊天。他说她遇到了麻烦需要和他谈谈。我不停地给他打电话直到和他通上了话，随后我在电话里和他争吵，然后又给他打电话，最后，尽管已经很晚了，我跳上车开车去他的住处。我想和他在一起，哪怕就一小会儿。

因为天色已晚，或者因为我行为荒唐，缺乏自尊，事实上，为了去他那儿我还得换下已经穿好的睡衣，或者是其他的一些原因，当我上了绕着赛车停车场那条又长又宽的弯路，朝着房车营地的方向驶去时，远处，高速公路上成对的黄色车大灯沿着海岸向南行进，红色的尾灯则沿着海岸向北移动，我能看见更远处铁轨上一辆南行的火车，车头上的一盏大灯和两条反射着星星点点光亮的铁轨，我的两边空无一物，一片漆黑，层层叠叠的黑影和空旷，微弱的光线只够让我看见铁丝栅栏后面、一片泥地后面和一条棕色水沟后面的深色山坡,我感到不再是我在观察这片地形,相反,现在是它在观察我:我是这里唯一移动的物体,在空空的停车场边上,就像受到地形的反射,我突然被弹回到自己身上,被迫审视自己此刻在做的事情。

但是不管我对自己正在做的这件事看得有多清楚,我仍然会继续去做,就好像我允许自己的羞愧坐在我要去做这件事的需求的边上,相互分开。如果这件错误的事情是我想要做的,我通常选择去做并为此感到难过,而不是去做正确的事情。

行驶在海滨的那一英里长的公路上的我只有一个目的:消耗掉那一英里长的公路到达路的另一端。我找到了他,但是他不让我进他房间。我们在外面散步,他道了歉。我开车回家,第二天早晨我出门旅行去了,无法确定他的故事的真假。

那天是感恩节。我飞去北面的一座城市,其实,那就是几年后我花了一下午时间寻找他最后地址所在的那座城市,当然了,在我的记忆里它们是两座城市,迥然不同。刚到不久我就被带到一栋我从未去过的房子里,当天晚上我被人领着,在黑暗中,穿过不认识的街道,去了另一栋我从未去过的房子。那是一栋独自伫立的小木屋,与街道之间隔着一块大草坪,我觉得这是一块完整的城市住宅地,除非草坪的面积随着时间在我的记忆中增大了。我不知道自己身处城市的哪个地方,事先也不知道我会去那里。

我被留在了那里,房子里没有其他人,除了睡在楼上的我从未见过的某个人十来岁的儿子——不是那天夜里就是第二天早晨——所以就像房子里只有我一个人一样。我感觉不仅仅是时间，还有一连串陌生的地方把我和他分割开了，就好像时间流逝得越多，去过的陌生地方越多，我离他就越远，我必须穿越这段时间和每个去过的地方才能再次找到他。这时，尽管已经很晚，电话铃响了，我拿起电话，听见话筒里传来的是他的声音。他不可能知道我在哪里，我觉得，因为连我都不知道自己在哪里。他不可能给我打电话。但是他找到了我，只因为他想要找到我。

同样的事情几周前也发生过，当时我比任何时候都想把他搂在怀里，而我以为他与其他人在别的什么地方。我打开一扇门走到走廊里，他就在我面前，在等我。

在这样的时刻，也许只有在这样的时刻，当我不在他身边又想要和他在一起的时候，我才不会感到困惑，也不会对他有任何保留。

两天后我回到家里，发现钢琴上放着一小束蓝色的鲜花和他留下的一张纸条，他说在山下等我，在酒吧里。我所要做的只是选择一个去那里的时间，洗洗手和脸，走下山，在那个拥挤的地方找到他，他会坐在一张高凳子上，一排脊背中的一个，肩靠肩挤成一排的人，他的脊背，当我穿过人群朝他走去时，他掉过头来看我，身子紧挨着另一个男人的脊背。然后我会把他拥入怀中，那是我想要他待着的地方。

尽管如此，我还是把这一时刻往后推了一点。下山前我先是检查了信件，又读了几封信。我把这一时刻放在一小段距离之外，也许是为了隔着这段距离来享受它，在不远的将来。实际上，也许只有身处这样的处境我才是最幸福的，有他在附近，有他将会在我跟前出现的期待，感受着想要与他密不可分的愿望，同时知道我可以选择任何一个时刻来满足这个愿望。这是个绝对安全的位置，不会有任何麻烦，没有冲突和矛盾，而且我有时间去品尝它。没有东西能够打扰它，除非过久地置身其中。

意识到这一点以后，我接着推断出他离开后让我觉得难以容忍的也许不是那些显而易见的事情，诸如他不再和我在一起了，我落单了，而是那个不那么显而易见的东西：我不再拥有无论他在哪里都会找到他并被他欢迎这种美妙的可能。我想去找他但不知道他身处何方，如果我知道他在哪儿，找到了他，他并不欢迎我。

∎

当他像是被我渴望着他的力量拉过来一样,突然出现在门外的走廊上时,我正在家里开派对。那是我和他共同举办的派对,不过我不记得为什么要开那个派对了。家里来了很多人。我们在忙着烤鸡块给大家吃,但是我们计划得不周全,动作也不够快。那么多人围在我们身边,有想吃的、有等着吃的,还有打听何时能吃上的,我们差点被他们的饥饿吓着了。我们在外面阳台上一个石头做的烤炉上烤鸡,把从室内透出的暗淡灯光下发着油光的柔软鸡肉一遍又一遍地翻过来翻过去,可鸡肉总也烤不熟。有人终于吃上了,有人一直没吃到,随着时间的推移,所有人的饥饿不是被满足了,就是虽然没被满足但被遗忘了。第二天早晨房间里充满了啤酒的香味,瓷砖上有东一堆西一堆的面包屑,桌子上放着某人忘记带走的呢帽。

∎

那次周末旅行回来后不久我去他的车库看他。我并不常去那里。我从来不去打听他的工作和作息安排。我应该问一下的，也许我确实问过一次，但是他回答的方式，可能过于简短，让我觉得他不喜欢我打听。

离开时我带走了几本我一直想读的书。我把书放在我床头上方壁龛的架子上，和我最近得到的几本书（旅途中别人送给我的和几天前我和他一起购买的）放在了一起。

我时常瞥一眼那几本书的书脊。书脊的颜色、书名的几个字，列举着这个世界上其他可能的幻象，永远是我所见到的房间的一部分，我总喜欢身边存在其他世界的迹象，尽管我可能几个月甚至几年都不曾打开过这些书，尽管其中很多我从未读过，只是把它们装进箱子又取出来，一遍又一遍，从一处带到另一处。有几本，实际上，还在我现在家里的书架上放着，仍然没有读过。

去车库看他的时候，他领着我仔细参观他工作的场所，那些书给我留下了很深的印象，那时我还不知道大多数书并不属于他。车库比他那间位于楼背面的房间要大一些。刺眼的黄色灯光照在水泥墙壁和奇怪地竖立在房间正中的一排排的高大书架上。他迈着轻快的脚步绕着书架走动，给我讲解他整理归类书籍的方法。他从来不浪费自己的动作。他虽然在走动，但看上去却总像是静止的。举步之前他会停顿一下，然后省力从容地向前走去，而我则经常撞在什么东西上面，跌跌撞撞，笨手笨脚。他思考的方式似乎也很省力，仿佛在思考之前也要先停顿一下，就像他在说话前要停顿一下一样。当然，即使停顿谨慎，有时他还是会说错话，或是说些不得体的话，让我想到一头被逼到墙角的动物，它会停顿一下，然后，依靠它养成的完美直觉，采取一个本应该成功但却没有成功的行动，因为这种情况下的某些要素是这头动物无法理解也不可能理解的。

从那以后我没再去车库看过他，如果我没记错的话。一两个月后，当他搬去从房间就可以俯视水泥地院子里放满仙人掌花盆的苗圃住的时候，我没去帮他搬家。我想不起来那次搬家的具体时间。我觉得我当时出门了，我想是回东海岸了。围绕着那次搬家有一场争执。不是他欠了房租，就是房东不喜欢他，或者是有个朋友回来了，把那个地方要回去自己住，要不就是那个朋友或是另一个朋友因为书的事不高兴了，那些书不是留在了车库里就是被拿走了，要不就是被房东扣了下来，那些书或许损坏了，或许有一部分丢失了。

■

在我生他的气之前，在埃莉告诉我另一个女人因为他提议为她做事来换一些钱而深受侮辱这个故事之前很久，那时我就注意到，很多人似乎都对他不满。当然任何生意上的安排，任何涉及实际情况或者钱财的事情，迟早会被他搞砸并给相关的人增添麻烦。刚开始的时候他会给人留下好印象，就拿房东来说吧，他干净、友好、聪明、漂亮的外貌给人开朗随和的感觉，房东会对他产生好感并愿意把房子租给他。可是他会迟交房租，或者只交一部分，然后剩下的都不交，房东起先会起疑，然后开始紧张，再后来愤怒，最后坚决要求他搬走。

他很快就归还了我借给他的第一笔钱，那100块，但他没有归还我后来借给他的300块钱，那笔钱足够让他把车子的消音器修好，或许由于等到我回来后他已经离开了我，那笔债务已不可能成为我俩之间的障碍，反而成了他想忘掉的东西，就像他想忘记我，越快越好，把我扔在身后继续往前走。

后来我意识到他接近一个女人并依附于她的方式与他搬进一栋公寓有点相似,住上几个月,和房东发生不愉快后又搬走,总是不付房租或欠别人的钱。他需要和她待在一起并成为她的一部分,不完全失去自己,但也不绝对独立。然后,过了一段时间,他离开她又去依附另一个女人。

在现实世界里,女人就像他的船锚,让他稳定,让他与某个东西发生联系。没有她,他漂浮不定。反正他不太留意时日的消逝,他不计划怎样挣钱、花钱、存钱,即使计划了,他的计划也不切实际,尽管他保持整洁,也着手展开各种项目并努力工作,虽然这些项目他经常无法完成,他工作起来还是蛮卖力的。

他并不总是清楚自己在干什么或者应该怎样规划必须做的事情,同样,有时他不知道自己在说什么,或者不去考虑这些话和他之前说过的话、他正在做的事情或者实际情况有什么关联,以致他的交谈和生活中这样那样的事物之间经常缺乏关联。他对我说的很多事情都不真实,甚至有更多事情并不是他想说的。他不总是知道自己在说什么,因为他说话的时候经常在想别的事情。有一次他告诉我他的葡萄牙鱼汤做得很好,然后又更正说虽然他没做过,不过相信自己能做得很好。有时他说起某件他觉得真实的事情,但表达的方式那么奇怪以致词不达意。有时他只是犯糊涂或者说错了话。有些事情他说错是出于紧张,然后听见了或许根本就没有听见自己在说什么。在有些事情上他会有意歪曲或夸大。有时他会有意说谎。

　　刚认识他的时候,我不知道他会说谎,因此相信他说的每一句话。后来,当我回忆他说过的话的时候,在知道他会说谎之后,我不得不想想哪件事是真实的哪件不是。对每一件事的怀疑都在改变我对他原有的认识。

■

  我觉得他想忘掉我，忘掉他欠我的钱，尽管在我最后一次见到他一年后他给我寄了那首法文诗。寄诗给我可能是他一时的冲动。也许对我的记忆短暂地穿透了他遗忘的云层，然后又为之吞噬，以致等他收到我的回信后，假设他确实收到了，他再次打算把我忘掉，只匆匆扫了那封信一眼，按捺住想要读信的冲动，把信放在一边好尽快忘掉这件事——没有故意放进抽屉或盒子里，没有扔进废纸篓，而是放在桌子或写字台上的某个地方，好像他打算回复一样，但那封信被其他纸张盖住了，放错地方了，最终被彻底忘记了。

  收到他寄来的诗后我飞快地读了一遍，然后在同一天又读了好几遍，直到把那首诗基本读懂了，之后我无法再把它从信封里抽出来，就好像它所具有的那种威力，只有放在信封里才是安全的，一旦取出打开后就不再安全了。

  就在刚才我又把那首诗取出来并查阅了几本诗集，想看看能否找到这首诗。此前我曾经见到过一次，纯属偶然地，我原以为下次需要的时候很容易就能找到它。它可能是首名诗，至少是在偶然发现它以后，我的印象如此。考虑到我的专业，我或许应该熟悉这首诗，或者说别人觉得我应该熟悉，可是我对法国文学的了解贫乏得惊人，就像我对法国历史的了解一样。奇怪的是通常这并不影响我工作的质量。大不了我会弄错一两个注释。不过我时不时会因此出点洋相。

那是一首十四行诗，以"Nous[1]"这个词开头。我查找那本我一直坚信会找到这首诗的诗集里附录的首行检索，只找到其他以"Nous"这个词开始的首句，书里给出的译文是："我俩可以奉献我们的双手；我们有一位牧师，几枚酸橙；我们会永远住在这片黄土之乡里。"我没有找到我想要找到的那一句，它应该是这样的："我们曾经想到过纯洁的东西。"我放弃了，暂时地。

这时发生了一件很蹊跷的事情。像是从很远的地方看去，我发现：在我的双手把他的信放回信封的时候，我不像刚才把它取出来时那样小心到了几乎虔诚的地步，而是非常草率仓促，因为我正为没发现那首诗的来源而沮丧。而且我如此习惯看着我的双手每天处理其他的信件，有那么一刹那，我以为，或者我大脑的某个独立部分以为，那是一封我刚刚收到的来信，刚从邮局带回家准备在书桌上拆开的信。这时他信封上的笔迹突然再次具有了

---

[1] Nous 是法文的"我们"。

某种使命感和紧迫感——这封信似乎是一次真实、有效的沟通。

随后这个瞬间过去了，或者说我大脑中知道真相的部分追上了那个有那么一刹那相信有什么不同的部分。这封信，再一次地，拥有了褪了色的永久，一件纪念品的永恒。

这封信是我房间里少量似乎拥有自己生命的收藏品中的一件。纪念品，它们比家里其他的物品更沉重或者说更具魔力。除了他寄来的这首诗，还有他的小说、他的照片、其他的信件和一页我与他共同完成的文字，那上面他的笔迹和我的笔迹相互重叠；有一条他留在我家的毯子，一件他送给我的方格布衬衫，另一件袖子已磨成碎片的方格布衬衫以及至少三本书。其中一本是福克纳的长篇，他离开后我才开始阅读，一本旧得书页发黄、书的边缘已成棕色的平装书，粘书的胶脆到我每读完翻过一页，这一页就从书脊上静静地脱落下来，而且由于我不读的时候并不把书合上，而是摊开放在床边的窗台上，它已不再是一本装订好的书，而是两堆纸，一堆是装订在一起的书页，一堆是散开的书页。这本书里的故事没有结尾，在我阅读这本书的时候以及此后很长一段日子里，这个故事仍然滞留在房间里，仿佛摆脱了约束，从书页里飘浮出来，悬挂在椽架天花板的下方——那个女人阴郁的病症、那个男人所在的监狱四周舞动的野棕榈树树枝、狂风、男人透过监牢的窗户看见的大河和因为手抖而卷不紧的烟卷。

∎

我觉得那种空虚苍凉的感觉直到二月份才出现。当时我觉得还算轻微。实际上这种感觉去年十二月就出现了,在我第一次去东岸之前。其实,在那之前就已经出现了苗头,甚至更靠近我俩刚开始那段时间,不过刚开始的时候它并没什么影响。因为我离开,十二月的时候,又回来了,我忘记了我的不安。我思念他随后重新得到了他。可是到了二月份这种感觉再次出现,更剧烈了,而且一天又一天地持续了下去。

总共有两次东岸之旅,不过我不知道是否要先讲第一次再讲第二次,今天我觉得按照时间顺序来写并不好,尽管会容易一点,所以我应该把顺序打乱。难道按照时间顺序后事件就不被原因和结果、需求和满足推动,不再依靠自身的能量向前跃进而只是被时间的推移拖着往前走吗?

或者只是我今天过于急躁?我需要慎重一点,因为过于急躁的时候,我不仅想要打乱时间顺序,还想把已经写好的东西删去很大一部分。去掉这句,我对自己说,带着某种狂喜,那段也删掉——我从来就没有喜欢过或重视过它。

但是如果我在情绪不好的时候向所有类似的冲动屈服,那我就几乎什么也留不下来了。

在这样的时刻,我对写作的恼怒,与老头子固执起来时我对他的不合作感到的束手无策,或者文森特和我争吵时不听我说话,对着天花板翻白眼或闭着眼睛或看着报纸时我的感受一样人性化。就好像我觉得这部小说有着自己的生命和意志,拒绝按照我的要求去做一样。

由于从来没有写过长篇小说,我并不总是那么自信。最初我觉得这篇小说应该与我欣赏的那一类小说相似。随后我意识到我欣赏的小说当然不止一种。有那么一阵,我觉得这篇小说应该与他离开我时我正在翻译的那篇小说相似,不仅因为那是我当时正做着的事情,而且我确实很欣赏它。不过如果用那篇小说做样板,我将不得不删掉这部小说中发生的大部分事件。在那篇小说里,人物仅仅在房间里走进走出,看看门口,来到公寓,上下楼梯,从屋内向窗外看,从外面透过窗户向里看,以及相互之间发表一些难以理喻的简短评论。

那以后的一段时间里,我想让这篇小说达到另一位我欣赏的作家的小说同样高的道德基调,但它达不到,因为我没有他那样健全的伦理道德观。

我十二月时的焦躁不安有时源自厌倦，有时，最糟糕的时候，则是一种对被困于我俩沉默的真空里或对我们尝试交流时的尴尬感到的恐慌。

有一次我俩单独坐在一家餐馆里，我试着和坐在对面的他说话，试着让他和我说话，在无法和他说话也无法让他和我说话之后又试着去想其他事情，这么做搞得我精疲力竭。我像拖着重物前行一样一分一秒地熬过我们共处的夜晚。几天后我就要离开的事实对此似乎也没有什么帮助。我实在太累了，觉得我俩之间毫无生机，出于极度无聊我提议玩一个游戏：把一张纸在两人之间来回传递，我们可以共同编造一个故事，每人每次写一句话。

我们这样做了，但是这个故事编得极其糟糕，或者说比糟糕还要糟糕：虽然每个句子都跟上了前面的句子，但似乎很随意，显然是无聊和愤怒的产物，过了一会儿，这种随意性开始让我感到害怕，因为这似乎表明其他相连的句子，其他小说也可以那么随意。等到我们停下笔来，我俩之间更没有生机了。

现在，当我意识到尽管我俩之间的空虚让我感到恐怖，但这个空虚的罪魁祸首不是他而是我，这是多么奇怪的感觉啊：我在等着看他会带给我什么，怎样让我快乐。然而我却无法对他或者，也许，无法对任何人产生浓厚的兴趣。这和我那时的想法完全相反，当时我觉得这一切如此显而易见：他太不成熟，或者太谨慎，或者太年轻，不够复杂，所以很难引起我的兴趣，是他的错。

另一件让我更加不安的事情是和他在一起时我自己的变化，变成了一个自己都不太认识的人了，尽管我告诫自己我没必要非得一成不变。和别的女人或者别的男性朋友在一起的时候，我的变化不大，但对于一个像他那样对我如此重要的男人，我的长期伴侣，一个不只是偶尔而是每天都和我同床共眠的男人，这个我离开后会回到他身边，这个会回到我身边的男人，我却经常扮演一个我几乎不认识通常也不喜欢的人，我越是不自在，这个人就变得越让人讨厌。

我甚至都没在扮演某个角色，真的，因为我并没有故意这么做。而且我也没有真的变成了另一个人。在那些时刻出现的并不是另外一个人，而是我在独处时或者与其他朋友在一起时不曾出现的我的一个侧面，那个无礼、傲慢、以自我为中心、爱挖苦人和刻薄的侧面。拥有所有这些德行对我来说非常自然，尽管我并不喜欢。

■

  在那段我经常感到百无聊赖、焦躁不安的日子里，玛德琳经常在生气，而我并不知道原因。这一切始于清晨。黎明伴随着云层下方的一条乳白色缎带来临，天空呈现清冷的雪蓝色。邻居关上院门、发动汽车以及车子驶离，是一天里最初的声响。一只被惊醒的鸟发出一声类似拨动琴弦的声音后又返身睡去。我看了下天有多亮，猫"喵"了一声。那只鸟再次醒来，发出一种类似蟋蟀的叫声。

  玛德琳开始在厨房里摔摔打打，而我则开始做白日梦。棕榈树沙沙作响。稍后玛德琳会去屋外耙树叶，我会躺在床上听耙齿划过车道泥地发出的声音。她在耙柏树落下的松针。她绕着种着有弹性的海无花果的小土堆和柏树下装着红土的塑料袋进行着她的工作。她把松针堆成小堆，然后点火烧掉，她喜欢用松针烧火。

  上午暖和而清晰。接着，中午以后，雾从海面慢慢往山上升，从雾里驶出的车子亮着车大灯，而我所处的地方空气仍然很清晰。接着，靠近我窗户的空气开始变白，远一点的地方的树木变得模糊了，房屋旁本来清晰可见的灌木丛，突然地，陷入白雾里面。

每年这个季节山坡上到处都是黑脉金斑蝶的天下，五六只一群。由于临近圣诞节，山下教堂里正在举行特别的礼拜，管风琴音乐和歌声传到我这里。听着音乐，我从浴室的窗户向外看去，越过汽车顶部和房顶，看见山下栋砖房烟囱上的圣诞老人，在电力驱动下缓缓转向一边，然后转向另一边。

玛德琳收集树叶，摔门。她会拿起我房门外的电话话筒，拨一个号码，然后狠狠放下话筒。或者拿起电话，轻手轻脚地走到我听不见的地方，去走廊的另一头或转弯进到厨房里，用愤怒的声音小声地说着什么，通常是西班牙语或意大利语，背景里，猫一声接一声地叫着。有一次，我知道，她在生一个朋友的气，住在我们这座小山顶上的一位有钱的西班牙女人。我相信玛德琳与她所有的朋友和恋人之间的关系都很复杂，不过她从来没和我说起过他们，我也没有打听过。

她总是喜欢用筷子吃东西，常常是用小米和大蒜做的饭菜，而且她白天要喝好几杯茶。水池里经常丢着筷子、调羹、小米粒和茶叶。在那些日子里，因为我知道她的火气有多大，就连躺在淡绿色水池里的筷子和扭曲的金属调羹看上去都在生气。

■

尽管我很沮丧，没有耐心，到我该去东部的时候我还是不想离开他。这似乎是真实的，在那个时候，他属于我、我属于他这件事已超越厌倦，超越了我俩之间感情的衰退。与此同时，我不知道该相信什么——我对他到底是只有一点点感情，就像我有时感受到的那样，还是有很多很多。

在东部，我突然遇到了很多困难和伤心的事，与他无关，甚至与我无关，以致他的重要性缩成了一个小点。

可是就在我觉得自己的大脑被其他东西占据了的时候，当我站在火车站台上、在车旁等人、进入或离开一栋房子、走在一条车道上、走到户外的寒冷里、从寒冷里回到室内的时候，我会突然想起他皮肤的味道，我会怀念他张开的双臂，他向我张开双臂时站得那么稳，好像他全部的注意力都集中在我和把我揽入怀中这个行为上一样，而我与在他之前的一个男人，以及与后来的一个在一起时，根本就没有我的空间，他们总是冷酷无情，总是急匆匆地，他们冲到这儿冲到那儿，通常都是离开我或从我身旁经过，只有当我也成为他们的事情时才会偶尔地朝向我。而他关注，他留意，他倾听，当我不在他身边时也想着我，什么也逃不过他的眼睛，一点都不会遗漏。就连在睡梦中他也很温存，清醒地告诉我他爱我，而其他男人只关心自己的睡眠，觉得被我打扰了，会对我嘘声道："别动。"

■

我想把我的两次东部之旅合并成一次,在这篇小说中,这样可以节省篇幅,因为如果我和他离得那么远,我不知道他与那段时光有多少关系。可是尽管隔着一定的距离,我对他的感情每天都在变化,或者是因为发生在我身上的每一件事情,尽管与他无关,都在改变着我对他的感受,那些天晚上发生的事情也一样,在睡梦中;或者是因为我的感情在成熟和发展,一天天地,像一个独立的生物,强度增长了或削弱了,恶化、患病、痊愈。

而且这两次探访并不相同。第一次我住在我母亲家里,一个对我来说很不容易待着的地方,我和他对彼此的思念都非常强烈和直接。他至少给我写了四封信,我也给他回了信,不过不记得回了几封。我至少给他打过两次电话。等到我到第二次去东部我母亲的妹妹已经搬过来和她同住,我住在城里一间借来的公寓里,觉得我俩共同拥有的东西眼看就要结束了。

我看出来我把事情的真相做了一点挪动,某些纯属意外,但其他的则是故意为之。我重新编排实际发生过的事情，使得它们不仅更易于理解，更可信，而且也更容易接受或者说看上去更好了。如果现在我认为我不该在一段恋情的早期产生某种感情，我就把它移到后面的某个时间点去。如果我认为我根本就不该有那种感情，我就把它去掉。如果他做了难以启齿的丑事，我要不干脆不说，要不就只描述其丑陋但不指出是什么事。如果我做了难以启齿的丑事，我就用相对温和的词语来描述它或者绝口不提。

总之，有些事情是我愿意记住的，而其他的则是我不想记住的。我愿意记住自己行为得体的时刻，还有那些出于其他原因的让人兴奋或者有趣的事件。我不想记住自己行为乖劣的时刻，或者因为乏味而显露出的丑陋，尽管我并不在乎戏剧性的丑陋。我的无聊回忆起来令人不快，某些事件也一样，比如他和我的那次造访，当我们已经分开后，去见我不是很喜欢的熟人，在他们租来的丑陋的公寓里，不过很长一段时间里我一直弄不明白回忆那次造访为什么那么令人不快。

■

　　一天夜里，我躺在母亲家的床上，我放下正读着的书，琢磨起书中的男主角，他善良、天真、帅气、聪明、没受过教育、有音乐天赋、出身高贵神秘。这让我想到了他，并不是因为他们有许多相同的品质，而是因为男主角在小说中所处的地位以及其他角色对他的态度。

　　快到午夜时，我起床给他打电话。我拿着电话走进厨房，把两扇门都关上了。我母亲睡眠很轻，经常失眠，由于不想有被关在房间里的感觉，而且，有可能，她想尽可能知道家里发生的事情，晚上睡觉时她会让卧室的门开着。所以她听得见每一点响动，会经常觉得某个响声不正常，躺在床上不停地琢磨那到底是什么，或者从床上爬起来想看个究竟。不过也有些晚上她毫不担心，睡得很沉听不见家里发生的事情，我觉得这次机会很大，到了这个时候，她会睡得很死，听不见我的声音。

　　我确信他听见我的声音后会很惊喜，也会很开心，但是他很平静，几乎有点冷漠，不超过适度的礼貌。我们简短交谈了几句就挂了电话，我待在厨房里，坐在一张高脚凳上，试图找出他不更亲热一点的原因。我已经开始接受自己的失望。这时电话铃响了，他打回来电话，带着歉意。他完全换了一个人，热情，喋喋不休。他说他很抱歉，解释说他一直在试图接受我不在这个现实，效果还不错，从电话里听见我的声音以及不得不和我谈话对他来说很困难，因为这扰乱了他，让他的努力前功尽弃。他接着说他非常爱我，想念我，到了让他痛苦的地步。

这时，在他的声音之外，我听见走廊里传来的我母亲的脚步声。朝向走廊的门打开了，我母亲在朝里张望。厨房日光灯的灯光下她的面容睡意茫然，肿胀丑陋，她半闭着眼睛避开灯光，五官错位。我用手捂住话筒，他微弱的声音在继续说着，没有察觉到，在远离我耳朵的地方，她问道："死人了吗？"

■

到目前为止，一共收到两封他的来信。我把信读了一遍又一遍，信的写作风格，充满激情的同时优雅简练，给我留下了深刻的印象，以致在给一个老朋友写信时我发现，写信过程中，我在模仿他的风格，这么做给人一种背叛的感觉，不过我不确定是在背叛他，还是在背叛我的老朋友。

距离还是让他显得更加沉默，尽管在这两封信里他对我喋喋不休，每读一遍我都能听见，甚至没读的时候打开着放在床边也一样。

第三封信寄到了。我看出来它是几天前写好的，但信上的日期却是一个月以前的。当他心不在焉，当他对时日或者外部世界是怎样运作，又遵循什么样的时刻表没有意识的时候，他会出现这样的失误。在这样的时刻，他似乎并没有看着我，而他没有看着我的时候，我反而比他完全意识到时间地点时更能接近他。而且他的疏忽似乎也证明了他的真诚，因为如果意识不到这是一周或一个月的哪一天，他显然对自己的全部行为并无计划，不过他的部分行为可能是计划好的。

■

  那次旅行其实只需要包括三件事情：我打给他的电话，他写给我的信，以及在新年前夜派对上认识的某位男子。我保留了这位陌生人留给我的电话号码，两个月后我再次去东部时给他打了电话。我留下这个号码并非因为我对自己的现状有什么不满，恰恰相反，与一个男人完美和谐地相处，至少在一段时间里，让我觉得不管走到哪里，我都可以遇见另一个男人并与他完美和谐地相处。参加那个派对的主要是一些我不认识的大学老师，在一个离城市上百英里的村子里，还赶上了一个冷得连一阵微风也会把脸冻疼的寒潮天。

■

  回来后我脑子里想得更多的是我的工作而不是他。工作让我的注意力更加集中，不因想念他而分散。

  还有一些其他变化。玛德琳总在变。她在不断地发现自己，进入或离开某种状态，开始或结束某种技能的训练，咨询某个专家，寻找一种新的工作媒介，一种新的工艺流程，或者一个新的工作地点，而且时不时地，一段新的恋情，不过那是否超出了热情激荡的友情，我无法确定。

  现在她把头发剪得非常短。这让她苍白、布满皱纹的脸有一种让人害怕的严厉。她一直在看一个针灸医师，他告诉她，她的身体反向了——阴变成了阳，他说。我不是很明白这是什么意思，不过对于玛德琳，如果没有立刻弄懂她的意思，我不再努力去理解它。现在我会想更好地理解她的话，现在我会去问这是什么意思。

  他和我又吵架了。连着两个晚上，玛德琳跟我要了一个土豆烤了吃，这是她晚餐唯一的食品。第三天晚上我在做牛排，他带了一瓶红酒来配牛排，这很不寻常。玛德琳问我能否和我们一起吃，我觉得无法拒绝。在生活和吃喝方面她通常非常俭省，她没什么钱，而且似乎更喜欢需求不多的生活方式。不过偶尔她会和我一起大餐一顿或者胡吃海喝一番，兴高采烈诙谐有趣，就好像她在回归一种早期的生活方式。那个晚上她吃了一大块牛排，还喝了好几杯红酒。我很享受她的陪伴，但是他却因她和我们一起用餐而生了气。

第二天早晨轮到我生他的气，为了别的事情，他和玛德琳晚餐时的什么事，我们吵架了。至于玛德琳，她向我抱怨她消化不了那些食物，吃那么多的肉和酒对她的身体有害。她愤怒声讨着所有的肉食者，唠叨了好一阵，似乎并不期待我的回应。

过了没几天，他和我又吵了起来。我曾把我的一篇把他写进去的短篇念给他听，他听了很高兴，可是后来我在念给别人听的时候把小说里的他去掉了，对此他很生气。他觉得我耻于提到他。我不承认。争吵过程中我们越来越愤怒。我比他还要愤怒，也许是意识到了他说得对，某种意义上，以及为什么他是对的，尽管我此前并没有意识到这点。我希望他的话不对，而且我不喜欢他向我指出来。

他离开了我家。我上了床，镇静，愤怒，读着一本书，过了几个小时，他回来了。后来他承认自己知道离开对我来说没什么作用，因为我已经愤怒得不在乎他是不是离开了，所以他回来了。我为发生的事情感到内疚，几个月后，我把他放回到小说中他原来的位置上。不过到了那个时候他已经不在乎了。

某一天，也许他觉察到我们的关系出了点问题，他说我们应该结婚。不过由于他几乎可以断定我会拒绝，他的提议显得不那么真诚。因为这有点突然，甚至有点孤注一掷的感觉，似乎只能说明他企图俘获我，留住我。

我记得当时我拿这件事取笑了他。可是他离开我后，我成了那个说要和他结婚的人，如果他愿意的话，当这么做没效果，当他拒绝我以后，我更进一步，我给出更多的承诺。后来我意识到那时说什么都很安全，因为什么都不可能发生。他似乎不是觉得被侮辱了就是为我感到害臊，对我失去了耐心，好像我贬低了他曾经有过的感情，也贬低了我自己的感情。现在我愿意，或者我说我愿意给他此前不愿意给他的一切，他不想要我的任何东西。或者说他只想要我不再打扰他，而我做不到。

■

  我走在一条被峭壁、岩石和沙子包围的小径上——什么植物都没有。一个年轻人从我身边跑过，然后停下脚步转过身来，迷茫又无助，他告诉我他的家在不停地变来变去，变得那么多以致他无法认出它来。我清醒过来一点，意识到这是一场梦，然后又接着把这个梦做了下去。他和我一起进到一栋木头房子里。这显然是他的家。随后，就在我们站在里面的时候，它变成了一出话剧的场景，随着剧情的变化而变化，不过即便真的演了什么，我也不记得了。

■

我们又吵架了，这肯定已经是第五次了。那天晚上他离开我，生着气，后来又回来了。他的归来似乎违背了他自己的意愿，因为他还在生气。第二天晚上以及接下来的几个晚上他根本就没再来找我，我不知道那段时间他去了哪儿。我告诉了他一些让他震惊的事情。我自己并没有感到震惊，因为我只是把我考虑了一段时间的东西说给他听，因为是我在说，这么做伤害不到我自己。直到后来，当我从不同的角度回顾这件事，看到他会多么不乐意听到我说的那些话的时候，我才感到了震惊。当时我觉得我想说什么就可以跟他说什么，非常坦诚，而他对我所说的一切也能够予以理解和同情，就好像他不是一个独立的个体而是我的一部分，能够感受到我的感受，不会比我更为之困扰。

在我说了那些让他震惊的话之后，一开始他很镇静，然后他开始生气并走掉了。他走了，稍后又回来了，还在生气。他从烘干机里取出床单铺在床上。而我则一直注视着他，他上了床，一句话没说，睡着了。

第二天晚上他没有来，也没给我打电话。我往他的公寓打电话没人接。我不停地从床上爬起来给他打电话，再回到床上试图看书。我惊讶地发现，尽管我俩认识后他几乎每天都睡在我的床上，我却觉得自己立刻就回到了以前的状况，晚上独自一人，就像从未遇到过他一样。

不过与此同时我却无时无刻不在想着他，比和他在一起的时候还要频繁得多，而且那样地专注，使得他无所不在地存在于这间房间里，夹在我和我正在思考的东西之间。我能够看出自己之前的感觉和所说的话对于他是一种背叛，但是我也可以认为由这种背叛产生了某种忠诚，因为它激发了我的热情和悔恨，让我获得了前所未有的狂热的忠心。所以我躺在那里，独自一人，仿佛我将永远独自一人，但同时却神奇地有他陪伴在身旁。

我不敢关灯，尽管已经过了凌晨一点，接下来是两点，再接下来是三点。只要身边亮着灯，手里拿着一本书并不时翻上一两页，我就有种安全感。我被某些设想困扰着。最坏的设想是他可能出于报复去了别人那里，我无法长时间回避这一设想，它不停地返回到我脑子里。实际上他当时真的这么做了，这是我后来发现的。

我知道这不公平，认为我可以做自己想做的事情而他却不可以，我可以对另一个男人产生感情而他却不能去找另一个女人，但是我做决定从来不以公平为标准,也许我从来就没有做过决定,只是任凭一时的愿望左右自己而已。

清晨,在我睡着一小会儿后,我梦见自己听见外面阳台上传来的他的脚步声。狗在我的梦里"呜呜"地叫了起来,他温柔地问它:"她在家吗?"

可是我醒来后他并没有来。那天后来我和玛德琳去了下一个街区拐角处的咖啡厅,我们坐在户外的一张桌子旁学习意大利语。由于我俩注意力都不集中,课程进展得很慢。我在留意他是否会出现,玛德琳则坚信站在附近角落里的两个人在议论她。她不停地掉过头去看他们,嘴里咕咕哝哝,她正在给我做听写,这样我就听得不是很清楚。过了一阵,我们放弃了,就那么在阳光下坐着。

那天晚上对他的再次等待,在他没有来到时,制造出一个黑暗的空间,像一间巨大的房间,一间从我的房间通向黑夜,充满了深色气流的房间。因为我不知道他在哪里,这座城市似乎更大了,仿佛直接进入了我的房间:他在某个地方,那个地方,尽管我不知道,却存在于我的脑海里,是我体内一个黑暗的庞然大物。而那个地方,他待着的那间奇怪的房间,我想象中他所在的地方,和另一个人一起,也变成了他的一部分,在我想象他的时候,他改变了。他容纳了那间奇怪的房间,我也被那间房间所容纳,因为我把他放置在那间房间里,又把那间房间放进了他的身体里。

由于他不在了,去向不明,一声不响地消失了,不与某个我们再次相见的计划、时间和日期相关联,我只能依靠自己的意愿和力量把他留在身边,把他的全部召唤到我面前,让他时时刻刻留在那里,这样他似乎就会整个呈现在我眼前,而其他时间里我眼前只有他的一部分。同样,我俩在一起时他身上的气味会留在我的鼻孔里,而现在则是他的本质填满了我,一种不仅仅是他的气味和味道的气息,他的整体升华净化了,渗透了我,悬浮在我体内。

他故意这样对待我。我感受到了他强烈的敌意。但是恰恰这种强度和力度同时也是他爱我的力度,我也感受到了,在感受极度伤害的同时我也感受到了他的爱。他离开我的时间越长,我对他的爱的感受就越强烈,也越加相信我是爱他的。

我无法放弃倾听车辆的声音,等着听到他的车子的声音。我关注每辆车子的声音,就像那是人在说话。

两天下来,他的缺席变得如此漫长,我带着它跌入一条深堑,不安蔓延而出。我不再需要强行把它按压在大脑里或者去承受它;现在它变得如此庞大,它包围了我,承载着我,我安然置身其中。

我开车出门,想要梳理一下哪些事情是我能够确定的哪些我还不太清楚。我大声对自己说:我不知道他人在哪里。但他肯定在某个地方。他活着。他不是独自一人就是和别人待在一起,一个男人或一个女人。如果他和一个女人待在一起,他或者会和她一直待下去或者不会。如果他只和她待一个晚上,那是一回事。如果待到第二天早晨,并且继续待到第二天晚上,那就是另外一回事了。

搞清楚我知道什么不知道什么后,我回过头来告诉自己至少我知道他在某个地方活着,毫发无损,坐着,躺着,站立着,行走着。尽管我知道他有颜色、有温度、在不停地移动,哪怕移动的幅度很小,却在我能够看见他的范围之外。不过我想他想得这么苦,我确信不管他在哪里我都应该能够看见他。

这件事结束得并不像我想象的那样。我没有听见他车子越来越响、直到我家门口才停止的可怕的轰鸣声,我没有不停地给他打电话一直打到他接了为止。我只记得两件与他回来有关的事。一件是他把车子停在了我那条街的尽头,我不记得有没有听见车子的声音;另一件是当我们再一次面对面的时候,是在山下的一家酒吧里,酒吧后面的阳台上。我等了他很久,听着别人有关澳大利亚无趣乏味的闲聊——那儿的人是不是都说英语,他们喝哪一种酒,悉尼有多少人口,等等。

我不记得我们在酒吧后面的阳台上都聊了些什么,不过我肯定道歉了,我们肯定就某些事情达成了共识,也肯定一起做出了某些决定,不过我确实记得那天晚上我清醒地躺在床上,开着灯，看着他睡觉。

他背对我睡着了，宽阔的白肩膀露在被单外面。我躺在他边上，用一只胳膊支撑着身体，把我所能看到的他身上的部分看了个遍，一个细节也不放过，特别是他的头，特别是他苍白的前额（因为背对着我，我只能看见他额头的侧面），特别是他的头发，离灯光很近，就在台灯的下方。我看着他的头发，用手触摸它，我的动作并没有打扰他。他的头发直直的，不算长，额头附近有点稀疏，后脑勺那里厚一点，浅棕红色的头发里夹着几缕金发。我仔细查看他头发的颜色，又用手摸了摸。尽管我知道他头发的颜色并不重要，但那天晚上似乎他的每一样东西对我来说都很重要。我觉得我爱这样的头发和它的颜色，对我来说他的一切似乎就应该是这样的，不可能是其他的样子。

后来，在睡梦中，他咕哝了几声。尽管觉得他还想继续睡，我还是靠过去问他在说什么。他重复了一遍，一句十分温柔且情意绵绵的话。

我爬起来，最终，在凌晨两点，给自己热了一点儿牛奶，坐在厨房里抽烟。我想到刚才因他的头发所联想到的，想到现在他就在我身边，由于他睡着了而我醒着，这种感觉更加强烈了。但是如果他再次离开我，或者我离开他，我们分开了，他还会长着夹着几缕金发的浅棕红色头发，而我则仍然会对他头发那特别的样子有着准确、亲密的了解，而且仍然会拥有它，这样他身上的一部分仍然属于我,对此他无能为力。

他离开后又回到我身边这个事实,在那个时候,或许让我觉得不管我说过什么,不管我做过什么,不管他离开我多久,他都会回到我身边,而且我不用爱他爱得很深,或者那么用心,就可以让他继续爱我。

■

车流的噪音越来越大,雨声之外的一种不间断的喧闹声,车轮摩擦潮湿路面发出咯吱咯吱的声音,所有这一切告诉我下午四点到了,也许已经过了,我得马上停下手头的工作。

车流就从我窗户下方经过,这条公路是河这边南北交通的主干道之一。很多重型卡车从这里经过,晃动着地面。最重的卡车甚至让坐在椅子上的我也摇晃起来。有时整栋房子都会跟着摇晃。

尽管有这条公路,我和文森特还是买下了这个地方,因为我们太喜欢房子的后院了,那里种着葡萄藤、覆盆子、梨树、紫丁香、山核桃树和其他的花草树木。随后我们开始想办法阻断车辆的噪声。从窗户那里朝下看,我会看见站在前院的文森特,我知道他想搞清楚最大的噪音来自哪个方向。我会去他那儿跟他一起讨论噪音的事。我们就噪音的事讨论了很多次,怎样用硬的表面反射它,吸收噪音最好的办法又是什么。文森特在房前树篱的内侧修了一道栅栏。随后我们又在栅栏的内侧种了一排侧柏。有些噪音似乎是从栅栏底部钻进来的，我们把院子里其他地方的泥土运来堆在栅栏的底部。随后文森特把栅栏延伸到院子的其他几边，把整块地围了起来，我们还在树篱里面夹种了一些铁杉。一位邻居送给我们一棵小松树，尽管才一尺高，我们也把它和铁杉种在了一起。现在我们正在考虑在房子的侧面加盖一个房间，与正房形成一个角度，这样就能把后院进一步屏蔽住。

有时候手头的这项工作不仅让我紧张，还让我感到恐慌，我觉得自己正经历一场危机，可以说是一场生死攸关的危机。随后我意识到问题并没有那么复杂——我没吃早饭而且喝了太多的咖啡，我的神经脆弱到了极点，看到窗外一辆卡车载着一辆汽车后面还拖着另一辆汽车时，我几乎崩溃了。

不过另外一些时间里我确实感到困惑和不安。比如，我打算把我写的东西分出几页加进这部小说，我想把这几页放在同一个盒子里，但是我不确定怎样标记这个盒子。我想在盒子上面写上：可以用的素材，但是如果这样做了可能会给我带来坏运气，因为这些素材有可能并不真的"可以"用了。我想再加上一对括号：（可以用）的素材，不过尽管加了括号，"可以用"这几个字仍然过于醒目。我考虑扔进去一个问号，这样读起来会是这样的：（可以用？）的素材，但是这个问号立刻引入更多令我难以忍受的疑问。最可能的标记或许是：打算用的素材，这么标注并没有说这些材料拿出来就可以用,而只是说它们会以某种形式被我使用,尽管它们好到可以用,但也不是非用不可。

有时候我觉得要是能够出门待上一段时间就好了,我的头脑会清晰一点,我也会写得更好。几天前的一个晚上我和一个朋友聊天,他说为了写小说他去山里的集居地住了两周,刚刚回来。两周里他一共写了八十页。我从来没能在两周时间里写出八十页。他说他整天都在写,连晚餐后也在写。他说其他人会离开房间出去散步,甚至一天里要出去散步两三次。他说那里很安静。尽管过道尽头的一个男人会播放锻炼磁带,并跟着磁带锻炼,但这并不影响他。他说吃的不怎么样,很平常的美国食物。刚开始吃还行,但过了一阵就难以下咽了。比如,他们做的火腿片太厚,几乎有一英寸那么厚,吃几口他就想吐。他学会晚餐时只吃很少一点,其他几餐食物相对好一点,就多吃一点。我问了他很多那个地方的问题,因为我一直在考虑去别的什么地方写我的小说,尽管我曾经出去过一次,但那次跟在家并没有什么区别。

那时候我独自住在城里。我得到一笔经费,用其中的一部分偿还了银行账户里的透支,又花钱租了一个度假小屋准备夏天去住。尽管收到这笔钱才两周,在给小屋储备好食物和修好我的车子后,我手里的钱已经所剩无几了。

我租的小屋是一片夏季小别墅中的一栋,是一个名叫玛丽的德国女人和她丈夫六十年前建造的。小别墅门洞的尺寸有点古怪，天花板和墙壁都凸了出来，钉子头随处可见，铺在地上的油地毡的四边已经卷了起来，卫生间靠近淋浴室的木板地上长出了蘑菇。玛丽的丈夫已经去世，几年前她把这栋小屋卖给了一个夏天常来这里的租户，另一个叫玛丽的女人，她的丈夫后来也去世了。为了纪念他，有人在去湖边小路的半道上修建了一条长椅，它在我租下小别墅之前没几天刚刚启用。

那里非常安静。大多数租户比我大差不多二十岁，让我觉得自己年轻且精力旺盛。下山去野草丛生的小湖游泳时，中午时分，我似乎总能遇到一位未曾见过的老妇人，稳健缓慢地在陡峭的小路上上下，或坐在途中的那张长椅上，或在码头温暖、翘起来的木板上打开折叠椅，身边蜜蜂飞舞。我遇到的每个人几乎都叫露丝，不叫露丝就叫玛丽。有些则是那些叫露丝或玛丽的人的姐妹或姑嫂。有些老妇人与她们的丈夫同行。我在小屋子里写得很顺利，但并没有我预期的那么多。

一年后，认识文森特之后，我经常出城看他。同样，我以为离开城市会给予我写小说所需要的宁静。我甚至觉得大巴车也是个写作的好地方。出城的路上，傍晚时分，乘客们往往疲惫易怒，脾气不好的时候他们通常都很安静。刚上车时，在把自己安顿好的过程中会有一些冲突，一个女人可能会把雨伞放在了一个男人的行李上，不过接着大家就会安静下来。我会在耳朵里塞上面巾纸，再在头上扎一条手帕让自己注意力更集中一点。如果我低头看着手里的笔记本,除了正在写的东西我不需要担心其他事情。如果抬起头我可以停下写作观察其他的乘客。不过尽管我在大巴车上写过一点,但那里并不适合写长一点的东西。

■

在写我和他第五次争吵期间发生的事情的时候,我省略了我看着他睡觉时他说的那句话。我说那是一句温柔且情意绵绵的话,但我没有说那到底是句什么话。当时他说:"你太美了。"不过现在我觉得这句话并不温柔,也不情意绵绵。我觉得那是他无奈的呼喊。他知道自己实在无药可救,要不是觉得我那么美,他早就能够摆脱我,像他明白应该做的那样。他最终还是摆脱了我,但是用了太多的时间,如果没有被我在他眼里的美貌束缚,他就不会受到我那么多的伤害。

再次查看笔记本后,我还发现,有几天被我遗忘了,我把它们压缩成了一天。我说他回到我身边,当晚很晚的时候,我在他睡着后观察他,他台灯下发红的头发,然后去了厨房,在热牛奶的时候抽了一根烟。实际上,那是几天后的一个晚上,这中间还发生过其他的事情。

他回来后,我问他离开我的这两天一夜都去了哪儿,他告诉了我。他说他下午去了姬蒂那里，通过跟她做爱来发泄对我的愤怒。晚上回家后听到了我打过去电话的铃声，随后他又去了海边的夜店，在那里独自喝了一会儿酒。他把第二天全花在了他的朋友那个老头身上。

不过知道他去过哪儿并没有改变他不在时我的想象，所以这两个版本继续并列存在着，实际上，我想象的那个版本更加根深蒂固，因为它是从我心里慢慢长成的，我与它共存的时间更长。

但是这件事也还没完，他总不能在做完那样的事情之后拍拍屁股就走人吧。姬蒂会提醒他的，他要么继续要么就得结束掉他和她之间的事情。

第二天早晨我们虽然一起醒来，但一整天我们都不在一起，晚上我在家里给他打电话时他已经上床了，不想来见我。

他说他明天会来和我一起吃午饭，我等着他，但他迟到了三个小时。等他的时候我就知道我的焦躁不安将与他那非常简短的解释或道歉完全不成比例，不管他犯了什么错，他的解释道歉总是如此，简短中还夹着一丝愤怒，就好像他首先因为我把他放在了一个会让我失望的处境，然后因为我对他失望而愤愤不平。

我们吃了午饭，随后他又去见姬蒂，他去见姬蒂那段时间我和玛德琳步行去了山下的镇子里。他晚上很晚才回来。

第二天他对我很冷漠，告诉我他不知道是想和我待下去还是回到姬蒂身边。在我看来我俩的关系算是彻底结束了。下午三点他走了，四点又回来说想和我在一起。实际上，他想搬过来和我住，像是要把一切明朗化。他觉得他可以住进那件空着的房间。他说他会和玛德琳谈这件事。我没有插手，让他自己去和玛德琳说，就像我让玛德琳按照她自己的想法来答复他一样。她不愿意让他住进来，不愿意考虑这件事。我已经猜到她不会愿意，不过我不知道我对此是否真的感到释然。

尽管我并不真认为玛德琳会同意他住进来，有那么一阵我仍然说服自己她会需要他的钱帮着付租金，因为她经常付不出她那份房租。但是我再次错误估计了她。尽管她没什么钱，金钱却从来不是她考虑问题的出发点，而且通常根本就不在她的考虑范围之内。实际上，我觉得我们通过给钱来换取对她生活的骚扰的做法侮辱了她。

谈完这件事我们三人开车去参加一个生日派对。路上车里一片沉默。玛德琳坐在后排座位上，觉得被我们侮辱了，坐在前排的我们则因她对我们的请求的拒绝而生她的气，同时也在琢磨下一步我俩该怎么走下去，不过我觉得我的愤怒不那么真诚。我可以一边生她气，一边在为她帮我做出这个决定而暗自高兴。

第二天晚上，我全然不顾他虽然还没有但眼看着就要离开我这个事实，与另一个男人外出用餐。这件事我本来就已经安排好了也不想再做变更。他很不高兴。在我外出期间，他一个人待在我的房间里读书，随后出门散步，我回来后他没有和我说几句话，老是背对着我，由于他老是背对着我，我害怕了，他睡着后我怎么也睡不着。就是在那个时候我盯着台灯灯光下的他看了好一阵，然后起身去厨房抽烟读书，观察从炉子里钻出来的一只老鼠穿过炉台寻找食物。我回到床上的那一刻他对我说"你太美了"似乎是在睡梦中。

早晨，在睡梦中对我说了那句话之后，他坐在昨天夜里我坐过的那张高脚凳上，抱着伏在他腿上的猫，抚摸着猫的额头。我搂着他的肩膀站在他身后，脸庞贴着他柔软的头发。现在，在让我担惊受怕之后，他又和我在一起了，我想要为他做点什么，给予他一点什么，尽管我不知道是什么。不过没过几天我的这股冲动就衰弱下去并最终消失得无影无踪。

从他愤怒地离开我家开始到我半夜三更盯着他发白的肩膀看结束，整个争吵持续了一周。

我想我最初没有写下他说的那句话的实际内容，是我担心别人会觉得我虚荣，尽管我声称这部小说是虚构的，不是在讲我自己的故事，尽管这只是他个人的看法，不一定符合事实。实际上，我不得不认为他看到了某些我自己没有看到的东西，因为不管是照镜子还是看自己的照片，我看到的那张面孔紧张呆板，或者摆出一副奇怪僵硬的表情，连我本人也很难觉得漂亮，不是平淡无奇就是令人生厌，疲劳的时候五官挤成一团，一边的脸庞上长了四颗像星系一样分布的黑痣，头发平直，暗棕色，长在一个方方的大脑袋上，脖子细得皮包骨，一双淡到几乎发白的蓝眼睛从眼镜片后面瞪着外面，眼神惊恐，假如我摘下眼镜，偶尔我会这么做，往往会吓着别人，至少有一个朋友曾坦诚地告诉过我。

没有放进这个版本的还有我和玛德琳去小餐厅阳台上学习意大利语，后因注意力不集中而放弃了，让我们最终停下来的是落在意大利语语法书页面上的一小滴绿色的鸟粪。它来自歇息在我们头顶上方树枝上的一只麻雀。我没有把这个放进我对那一天的记述里，因为它与我正在写的东西感觉上不相符。

■

虽然离我上次写作的时间还不长,当再次坐在书桌前时,我立刻就被我的新系统搞糊涂了。我有四个装着纸张的盒子。它们分别标着:打算用的素材、还没有用过的素材、用过和不会用的素材以及素材。放在最后一个盒子——"素材"里的多数与这部小说无关。"用过和不会用的素材"如其所言:已经用过或者不打算用的素材。让我感到困惑的是"还没有用过的素材"和"打算用的素材"之间的差别。后来我想起来"打算用的素材"是指已经写好,随时可以放进小说里的,而"还没有用过的素材"则处在更粗糙的阶段。"可以"这个词本可以把它们区分开来,如果我不害怕把这两个字写在盒子上的话。

我刚和另一位准备离家写小说的朋友通了电话。他要去墨西哥住进一家旅馆。我有数量惊人的朋友在写小说,我意识到,现在我已不再去数一共有多少了。一个女人每天离开她住的公寓去当地一家咖啡馆写作。她说她一次只能写大约两个小时,但是如果换到另一家咖啡馆她就可以把上午的写作时间延长一点。我认识的一个男人在孩子上学后去他家屋后的一个旧棚子里写作,另一个人则去一个艺术家集居地写,然后回家做一阵木工活,这样他就可以挣够钱再回集居地写作。另一位作家在室友晚上外出开计程车的时候写作。至今他已经写了七百页,他还说他想把小说写得滑稽一点,但是这么厚的书要滑稽会很难。

■

当初我并不知道我俩之间为什么会出现问题,但是后来的某一天似乎是一个开始,所有的事情一错再错,直到我们再也无法更正了。他打电话告诉我他要在家里工作,我和玛德琳去镇上散步,走进一家画廊。他就在那里,夹在几个神色严肃的看画的人中间,肩头挂着他的军用书包。看见我们,他惊讶之余似乎有点不高兴。他说他晚上晚一点会过来。晚上我和两个朋友外出,给他留了张便条,可是等我回来后他并不在,也没有来过。

我给他打电话,让电话铃响了十五声。挂了电话我开车去他公寓。他房间的灯已经熄灭,但他的车停在外面,我确信他不是一个人在家。我上楼敲他公寓的门。他在黑暗中为我开了门,然后回到床上。我上了床想和他说会儿话,他却一动不动地躺着,不搭理我。我下了床。我说我要走了,他除了"再见"或是"随便"没再说什么。

回家后我躺在床上吃了一片面包和奶酪。然后又起身拿了一片面包和奶酪回到床上,后来又去拿了一次。我一边吃一边读一位朋友的诗集,这本书刚刚邮寄到,这样我在用食物填充着嘴巴的同时,也在用铅字填充着眼睛,用朋友的声音填充着耳朵,所有这些填充,所有向各个通道的输入最终改变了我的状态,不管是真被填满了还是只被安抚了一下。

■

三天后我再次去到他的房间,这次是和他一起去的。不过这时我俩的伴侣关系已经不那么牢固了,不超出一种表面上的互相陪伴。除了这种表面上的关系,还有就是某种熟悉,不过即使再熟悉也无法消除我俩之间的尴尬。路上我们买了一副扑克牌、几瓶啤酒和一袋玉米片。现在我总算明白了,尽管当时我也有所感觉,但我尽量避免去想它,那时我厌倦了。如果没有扑克牌、啤酒和玉米片,我不知道还能和他一起做什么,这些东西像是对房间里我俩之间将要出现的空虚的一种缓和,为了让自己愿意和他待在那里而不是选择自己一个人待在家里更投入地看书吃东西,我需要这种缓和。

或许是因为我们之间以前曾经有过的某些不一样的东西,当时我才和他一起待在房间里。假如他还在那里,和我一起,同一个人,而某些东西也曾经存在于我俩之间,当然是那些时常让人欣喜若狂的东西,这时你很难相信那种欣喜已经不可企及了。不过我们共同营造的，此刻，只不过是一件不再有生命的物体的躯壳，一件遗留物，用以显示那一度生机勃勃的东西曾经的模样。

现在一想到我们买的带去他公寓的东西我就感到恶心：温热的啤酒，走了味的玉米片像沾满油迹的纸牌一样散落着。

多么悲催的努力。我连不愿意与他做任何事情这个事实都不敢承认，这又是多么懦弱，其实也没有什么好做的了，唯一能做的是用我仅剩的友谊对他说声再见。可是我却和他去了商店，一家灯火通明大到让人沮丧的商店，和他去买别人用来共度快乐时光的物品，好像这么做了我们就真的会共度一段快乐时光，然而我对自己会开心不抱幻想，或许我确实认为只要机械地做了这些事，就能够得到我认为的好时光，至少是一段短暂的好时光，只要坚持下去，我的情绪就会突然扭转，不愉快的东西就会变得愉快了。

现在我倒是希望能够再回到那间房间里，在那个夜晚。我很想知道他会说什么我又会怎样回答他，因为我已经几乎想不起来他说话的样子以及他可能想对我说的话。现在我会全神贯注地和他约会，我们的约会将会充满彼时所没有的生命。

房间里没有可以用来打牌的桌子，我们只好坐在床边的地毯上。我们喝啤酒、吃玉米片、玩金拉米[1]。这个游戏没什么意思。其实当时我就应该知道，假如我愿意动脑筋想一想的话，我不能

---

[1] 一种两个人玩的纸牌游戏。

寄希望从这个游戏里得到任何东西，如果乏味已经存在于我俩之间，这个游戏也就失去了紧张。

我们玩了一盘又一盘，像是非要玩出点意思来一样。我们都喝了过量的啤酒，至少在我看来是过量了，啤酒也没对我们起作用。酒精让我兴奋的程度似乎不比游戏让我感兴趣的程度更大，我知道通常酒精或多或少会扭转境况，但一切并未如我所愿，境况没有改善。我们吃了玉米片，也许在这之前还吃了其他东西，或许我们之前晚餐吃了某些古怪的东西，或者是吃多了，因为当我们终于上床睡觉时我开始感到恶心，我清醒地躺在床上恶心想吐，随后我想吐得厉害，不停地往卫生间跑，靠着马桶坐在地上，胳膊放在马桶座圈上，头枕在胳膊上，再枕在马桶上，再垂到马桶边的地板上，一整晚几乎都是这样。有一次他稍微醒了一下，但似乎没有注意到我如此频繁地往返或一整晚几乎没睡。

第二天是他的生日。我们去看了一场电影。散场后我们回到我家，吃了很厚的甜蛋糕和冰激凌，我们坐在我的床脚，在这又空又大的房间里，床在这一头，另一头放着的钢琴、折叠桌和难看的金属椅子，它们在宽阔的深色瓷砖地上显得很小，玛德琳就坐在其中的一把硬椅子上，借助白灰墙上一盏灯泡的光线给我们念一本杂志上繁杂的星象文章。我再次觉得不舒服，意识到要是没有食物和玛德琳的陪伴，我俩之间将出现空虚，还有乏味，玛德琳的在场——实际上，她和我们隔得很远——把我们拉近了一点，同时她的朗读很有娱乐性，此外，她对这篇文章的反应也非常敏锐。我吃得太多，笑得也太多。但是食物维持着我大部分的兴趣和注意力，一旦吃完我又变得坐立不安了。

乏味到底意味着什么？意味着我和他之间不会再有什么新鲜事了。并不是说他这个人乏味，而是说我不再对和他的伴侣关系有什么期盼。曾有过期盼，但已经死去。

为什么这种乏味会让我感到不适？因为它所包含的空虚，存在于我俩之间以及围绕着我们的空白空间。我被这个人和这段感情禁锢了。空虚，也感到失望：曾经那样完美的如今不那么完美了。

■

　　我上一次出行的前一晚还包括了另一段不堪的记忆，与其说这源自我对他的反感，我觉得，不如说是另外几件凑到一起的事情：招待会举办地像谷仓一样的建筑的水泥墙壁和别扭的空间，廉价白葡萄酒的甜味，招待会结束后的大雨，光秃秃的草坪，上面什么植物都没有，还有"招待会"这个词，我一点也不喜欢。

　　我端着一杯发甜的葡萄酒在人群中走动，不时穿过人群四处张望，突然看见他和几个年轻朋友站在那里。我没想到会在这里见到他，不过我现在想不出来当时我为什么没和他提起过这个招待会。这是那种最让我感到困惑的问题，因为我永远也找不到一个答案——如果我打算做一件与他无关的事，甚至都不和他提起这件事，从这一点来看，我俩之间是一种什么样的关系呢？也许这对我们来说不算不正常，但是对我来说那次的情况特别奇怪，因为我第二天一大早就要离开。

　　我想不起来和他在一起的朋友都是谁，或者说根本就没留意他们是谁,因为我对此毫不关心,我也不记得见到他后我有没有立刻走过去,或是仍然待在离他几码远的地方,朝他挥手打个招呼然后继续和别人聊天,或是不想引起他的注意,但却观察着他并留意着他在房间里的行踪。最后这条似乎最符合我的行为,也许是因为这些年来我一直都是这么认为的。不过根据我见到他时的反应,那种反应我确信绝对没有记错,我很可能就是那么做的。那是一种绝对的反感,仿佛他是那里的一个充满敌意的元素,一个闯入的异物,以致当我越过别人的肩膀看着在拥挤的人群中走动的他时,他不久前对我还充满吸引力,不久后又会再次变得魅力无穷的面部特征突然让我心生厌恶,看上去呆板迟钝、粗糙凶恶、没有智慧、没有人性,像灰土的颜色。

雨下得很大,敞开的大门周围聚集着几个人,准备冲向他们的汽车。尽管不知道我是怎么和他一起站在了大门口的,我确实和他一起朝我的汽车跑了过去,两个人躲在我的雨伞或是雨衣下面跑过湿透的草坪,我载着他开了一小段路来到他自己的车子跟前。我无疑对脚下松软的草地比我对他或者他对我说过的话记得还要清楚。我要出去吃晚餐,而他要去参加一个朋友为他举行的生日派对。他说他晚上晚些时候会来我家。

等他来了的时候我已经工作了好几个小时,这是一件我早晨离开前必须完成的工作。尽管那时已经很晚了,我仍然没有做完。他倒在房间另一头的床上睡着了。我继续工作,不耐烦地急于完成那个比我预期的要冗长乏味得多的东西。我在帮一个朋友检查她的翻译，做这件事纯属帮忙。后来这位朋友从来没有真正地谢过我，或者说其谢意与我的工作量或者我不得不在一个尴尬的时刻去做这件事完全不成比例，当然要求她知道我那个时刻有多尴尬是不公平的，特别是连我自己都不知道这将是我和他共同度过的最后一个夜晚。

完成工作后我上了床。他醒了，我俩聊了将近一个小时，往常一样的友善和放松，像我们一直以来的那样，仿佛我们在抓住最后的机会。

第二天早晨我们上了他的车，他开车送我去机场。直到四周多后我回来了才又见到他，他去同一个机场接我，我们上了同一辆车。等到我们上了高速他才告诉我说一切都变了。尽管他在机场的通道里或者行李转盘旁没对我说什么，但他表现出来的距离感足以让我知道发生了什么。存在距离的原因是他已经开始了一种不同的与我相处的方式，而我仍然保持着原来的与他相处的方式。

■

因为和文森特一起带他父亲去赶集，昨天我几乎损失了一整个工作日，由于天太热我们给他戴了一顶帽子，我们推着他四处转，他帽檐下的两只眼睛聚精会神地看着每一样东西。我们带他去看圈着的牛羊猪兔，轮椅的橡胶轮胎欢快地滚过新鲜的锯末。一只鹅把嘴伸进笼子的铁丝格栅朝他"嘎嘎"大叫，他给鹅送了个飞吻。我不知道他在想什么。

我估计我们是想用比他从电视节目和后院走廊上看到的更不寻常的景观来逗他开心，他在后院走廊里一坐就是大半天——在风中摇摆的树，松鼠来回跑动时树枝突然晃动起来，树叶簌簌作响，坠落的绿色山核桃敲打着草地。当我们离开那些动物朝展览厅、赛马场和摩天轮走去时，迎面扑来的炎炎烈日、不停移动的人流和棉花糖的甜味确实让他有所反应：脸庞上泛出点点红晕，眼睛闪着光，帽檐下的目光像家禽棚里的公鸡一样专注，几乎有点在冒火。人群里有着像他一样沉默不语的男男女女，年老的、中年的,甚至还有年轻人,坐在轮椅上或被人搀着胳膊或手,看上去在努力吸收着周围的东西,他们也像是被人带来这里,借助这喧闹刺激的场景震撼他们,加快他们的动作。我们也来了,一个小群体,沸腾人群中的一分子,两个衬衫被汗水湿透的中年人,推着第三个人,年老、瘦小,帽子下面一个鸡蛋一样的头颅,他裹在松松垮垮衣服里面的身体几乎让人察觉不到。

他今天有点暴躁,长着雀斑的小臂和瘦骨嶙峋的手背上有点晒伤了。和他待了没几分钟,护士就评论说他的行为有点古怪。我保证说他只是累了。

■

昨夜我做了一个梦，梦见自己在找一张他的好一点的照片并最终找到了。奇怪的是他这张照片里的脸比我所有清醒时的记忆还要清晰完整，虽然现在这个图像已经淡去，刚醒来时我仍然能够清楚地看见他。所以说在我大脑的某个地方肯定隐藏着一个对于他的脸的清晰记忆，大多数时间里它深藏不露，只在睡梦中才会像照片一样偶尔显露一下。

现在我工作得更有条理了，也感觉到自己更有控制力了。可是随后我发现了一些让我手足无措的东西，因为我对它们完全没有记忆，比如一个这部小说早期的写作规划，我用铅笔写在了某个除非碰巧否则根本不可能找到的地方。我发现故事的很大一部分不在里面，所以它可能并不是整部小说的规划。

每当我发现这类东西，我不知道接下来还会发现什么。随后我会很恼火，就好像是别人写下这些粗心大意的便条然后随手乱扔，让我在没有线索的情况下必须弄清楚它们的目的和意思。

我试图把我第二次去东部、借住在一位西部老朋友的公寓那个期间打给他的电话理出个头绪来。有一次深更半夜的通话，发生在那个陌生人离开之后。有一次通话过程中我听见了背景里的打字声。从一次通话中我得知他在与另一个女人约会，他的一个朋友，我离开前一晚送他生日蛋糕的那一位，实际上，也就是后来和他结婚的那一位。还有一次他在通话里向我保证那次约会并不重要，她对他不像我对他那么重要，不会改变任何事情。不过我不知道是否一共就通了这么几次话。

关于其中的一次通话以及与之相关的那段日子我似乎写了两个版本。我刚刚重新找到了早期的那个版本，这个版本似乎不那么精准却更情绪化。比如，我说当他告诉我他与另一个女人约会后，我很痛苦，因为我心里的一个小角落里仍然有他。现在我讨厌心里有个角落这种说法，也讨厌与这句话有关的其他一些东西。我还说我记得听见他的笑声和看见他的笑容自己多么高兴，这显然不是真话。

早前的那个版本还包括我后来删除的部分，因为尽管它们与我那时的生活有关，却与这部小说无关：我怎样与几位非常乏味的教授去听一场大学讲座，还有讲座前的晚餐；讲座结束后我又是怎样弄不明白他们的问题；那间可以看到山下很远处城里危险贫困区灯光的高高耸立的会议室；空荡荡的楼房里宽阔的走廊；拐角处放着的垃圾袋以及我们离开时挤满人的电梯。我怎样不停地梦见某个男人，而我在那些梦里所感受到的愤怒比任何清醒的时候都强烈得多。我又怎样暂住在位于城里一个很多老年人居住的小区的公寓里，人行道上满是挂着拐杖和在助步器里摇摇摆摆的老人。我如何清楚自己正在努力寻找某些问题的答案，而答案或许只有经过不断摸索，时候到了才会浮出水面。

总之，很多事情我似乎都无法明白。我不明白我对他的依恋说明了什么，或者说爱和尊重一个男人意味着什么，甚至不明白他在电话里说过的话。在苦苦寻找答案的过程中，我对某些想法的正确性更有信心，而另外的那些想法则似乎有点微弱和不确定，或者说我用来思考它们的肌肉似乎很微弱——虽然它们本应是正确的想法，本该是对我有帮助的想法，如果它们确实正确的话。会有一个问题，边上就摆着一个答案，明显是错的，而我却似乎无法找到其他的答案。爱一个男人意味着什么是一个需要费心思考才能够回答的问题，但还算是一个比较容易的问题，我觉得我应该能够回答，我不能回答的是为什么听见他敲鼓会使我感到难堪。

两个版本里都没有提到我参加的一个文学沙龙，在那里，一位作家对我说："我只写别人愿意花钱买的东西。"

最近我找到了那段时间的电话账单，上面显示十二天内共有五个打给他的电话。其中的一次通话持续了三十七分钟，可能就是他们做面包的那个晚上，尽管做面包也完全可能是之前的一个晚上，那次我只和他通了十四分钟的话。

■

  我给他写了一封信,寄出前我看着那封信躺在书桌上,琢磨着假如信写好了但由于时间太晚无法寄出,或者假如信写好了也有时间寄但却没有寄出,这算是一种什么样的交流?只要他还没有读到这封信,那还能算是交流吗?

  在早前的叙述中我似乎很确定我当时正在琢磨的那封信和后来邮局退回来的是同一封,而在后来的叙述中我只是猜测它们可能是同一封。我无法确定我为什么某一天很确定而另一天就不那么确定了。

  那封他从未收到的信是由邮局退还给我的,没有拆封,尽管信封上写的地址是他那时居住的地方而且我回来后他仍然住在那里。由于信被退回了,它还在我手头,我现在就可以拿来读,我刚才又读了一遍。我不知道我对这封信的印象与他如果读了以后的印象是一样还是几乎一样。这封信似乎很欢快,不抱怨,也很青春 —— 说它很青春是因为它非常坦诚,没有狡诈欺骗、小心谨慎、讽刺影射或曲意奉承。我在信里告诉他，我怎样给一个在纽约新年派对上认识的男人打电话，邀请他来我公寓。和这个陌生男人的邂逅结果并不怎样，肯定不是一件能够给我加分的事，我不知道我为什么要告诉他。

那天我和一个老朋友出去吃晚饭，他说他得回家遛狗就先走了。我一人待在公寓里，有点焦躁不安。尽管对那个陌生人的记忆模糊，我还是给他打电话约他来我这儿。那时我有个后来才觉得古怪的想法。我以为我学会了做一件此前不知道该怎么做的事情，这件事会变得很享受，不再是枯燥的、暗淡的、勉强的、仓促的或者是让人尴尬的，只要邀请一个我觉得有吸引力的男人来我这儿，接下来我就会觉得很享受了。

可是当这个男人出现时，他登上最后一级台阶抬头看着我，我则俯视着楼梯上的他，他的脸与我记忆里的不一样了。进到公寓里，他谈论起他的宗教信仰，他不停地谈论着他的宗教信仰。在这次和上次见面期间他显然变了。在派对上他很有吸引力，精神饱满，几周后在一栋褐色砖楼的顶层他却没那么吸引人了，好像在此期间他脸上的每个部位都稍稍移动了一点，或是变得密集了，同时他的大脑迟钝了不少，锁死在了某个想法上。我坐在那里让时间流逝又流逝，因为我觉得尽管要改变什么已经太晚了，但至少当那件事发生时我可以变得尽可能疲劳，有点醉意。

和我上床后他继续谈论他的宗教。后来，他完事后，由于我背对着他而且他和我说话时我只咕哝几声，他一定是明白了我希望他离开，他确实离开了，最终，等他出了门我起身穿着睡衣去了客厅。我全身剧烈地抖动着，抖动的幅度很大。我拿起了电话。

他那里比我这里早三个小时。他和一个朋友待在一起，他说，他们在做面包。他问了我一个与面包有关的问题，我告诉他不要让面发得太久。我想如果他和这个女人一起做面包，他俩之间肯定有点什么，考虑到我离开之前情况有多糟糕，我和他可能彻底结束了。我把这些想法说了一些给他听，他突然被激怒了，回答说没什么好担心的。他的恼怒让我相信他在说实话。我说我想他。我没有告诉他那个此刻正搭乘地铁回家的男人，那个男人离开后我发现了他作为礼物留下的三本他写的书，我翻了翻，没有读，也没有留下来或送给别人。我曾考虑把这几本书送到街头的书店，不过却把它们扔进了垃圾桶。对书，我还从来没有这么干过。

由于我写给他的那封关于那个陌生人的信上有日期，现在我能够弄清楚我和那个陌生人见面然后给他打电话问他那个可怜兮兮的问题的日期，我发现我是对的：就是那次持续了三十七分钟的通话。不过从这封信里我也得知他在之前的一次通话里告诉过我他在约会那个女人，知道这事以后我变得更加情绪化，或者说更加疯狂了。

我知道她当时住在他那里，与他共度良宵。我知道她不只是一个他学校里的朋友。让我担心的，我想从他那儿知道而他没有诚实地告诉我的，是他俩的关系会持续下去，还是等我回去后就结束了。尽管我可以约会另一个男人，我不愿意他约会另一个女人。我可以见另一个男人，因为这事不会伤害我，我避免伤害我的东西，追逐带给我快乐的东西。

不过不愿意他约会另一个女人不仅仅是出于嫉妒。如果他和别人待在一起，他会突然与我相隔很远。他的注意力在她身上而不在我身上，就像过去曾经发生过的那样，尽管隔着这么远的距离。他的关注之光对我熄灭了。

我们交谈了正好三十七分钟对我来说没什么关系，但对电话公司来说关系则很大，当我在借住公寓的私人空间里，以及后来，在远离那里的地方，思忖着我们的对话的时候，并不知道那个通话究竟持续了多久，而这家人公司，电话公司，则在把这次通话持续的时间还有我用那个电话打过的其他长途电话准确地记录在案，记在电话账单上，随后它寄出那些数据，不过它不关心通话的目的，只要付账就可以了。

我不知道自己为什么需要重现所有这一切——是由于这一切对于 个我还没有发现的原因来说很重要，还是因为一旦知道了如何回答一个问题我就想去回答它。

■

我回来的那个晚上,他像承诺的那样开车来机场接我,不过态度不是很友好,在沿海滨往北开的路上他说有坏消息告诉我。

我知道那个坏消息是什么,但我不想在和他坐进酒吧手里端着一杯啤酒之前听他说这个。后来他告诉我说一切都不一样了。他说对他来说我俩的事彻底结束了,这件事一直没戏,他不想再继续下去了。我俩都要了大份的饭菜。他和我说完这些后我一点胃口都没有了,他吃完自己那份后又吃了我的大部分饭菜。他没带钱,我付了账。我没有生气或哭闹。我想要友好一点,因为只要我和他坐在那里,一切似乎就没有结束。他吃完饭后,由于啤酒或者是被我的抗议感动了,他放松了一点,吻了我,说由于没地方住,他还得再来见我。

后来他否认自己说过这个。其实我也觉得这有点讲不通,因为他有地方住。他还住在他的公寓里。他和一个与他年龄相仿的女人住在一起——一个小个子、深肤色、运动型的女子,是玛德琳告诉我的。她曾在超市里碰见过他们。她很愤怒。她说他在我不在的时候弃我而去，在我帮他解决了那么多的困难之后。

那天晚上，我独自一人的时候，我为自己曾有过的快乐感到难过。此后数周里我偶尔会哭泣或在电话里冲他发火。但是只要和他在一起，我就觉得还有机会，于是又会快乐起来。

那天晚上我睡不着，直到凌晨两点才入睡，做着与他有关的梦，六点钟又醒了过来，天快亮了，我清醒地躺在床上。我有一个恐怖的幻觉，由于来得如此迅速、如此清晰，显得非常逼真。我看见几年后自己年过四十，过着一种我称之为"空虚"的生活，干着无聊的工作，干得还很差，不再爱男人，至少不是也爱着我的男人。

我那时的预测只实现了一部分。四十岁后我的生活并不空虚。从事的工作有些比较枯燥，有些我干得不是很好，让我难堪，但是更多工作我干得都还不错，而且大多数工作很有趣。我确实爱过两个不爱我的男人，或者至少是在我爱他们的时候他们不爱我，但也爱过一个也爱我的男人，而且是同时的，这对我来说似乎是难得的好运气。

尽管在他之后我有过其他男人，对我的重要程度有轻有重，我对他的感情却不像我曾经以为的那样变化得那么快。这些年来我把那些感情存放在哪儿了？难道它们自成一体，完好无损地待在我大脑里的某个地方？是不是只需打开通向我大脑里那个小区域的门，我就可以再次对它们感同身受？

■

　　第二天，时间过得很缓慢，好像比平时多得多的时间在流逝，好像所有的日子都在流逝。我仍然无法适应这个新的处境。我感觉自己像是一秒钟前才得知这个消息。

　　还有一些其他的小变化。烘干机坏了。玛德琳一直在穿我的衣服，她用烤箱烘干衣服时烧坏了我的一件衬衫。她说我不在的时候她曾让一位朋友，一个警察，在我房间里睡觉，他留下的气味实在太重，她不得不给房间通通风。我的车子出了问题。开始车子发动不起来，发动起来后又轰轰作响。他把他的车子修好了但没把我借给他的钱还我。现在他的车子安静了我的却轰轰作响。也许他是在我给那个几乎不认识的男人打电话的同一天用我的钱把他的车子修好的。

　　由于烘干机坏了，我把湿衣服挂在空余房间里的房椽上，这样一来，那间房间里挂满了在从窗户吹进来的风中舞动的白色衣服。

　　我做着该做的事情，尽管有点难，因为我总在想他。我害怕夜晚的降临。我的咽喉发紧,咽东西很困难,我不停地把毛衣领口往下拉。卡住我脖子的不是毛衣而是体内的某个东西。

尽管我想往自己体内塞入一点食物,我什么也吃不下。闻到食物的味道咬上一口后就想吐。我只能吃一点水果、干面包、几样蔬菜,喝点水和果汁。

我似乎处在飘浮状态,没有东西能拴住我。一切都不真实,或者说很难区分哪些是真实的哪些不是。房间里真实的东西看起来稀薄透明,只是一些勾勒房间四壁的有色平面和形状。

那天晚上等到我终于上了床,我咳得停不下来,躺在黑暗里试图保持不动。尽管现在他的车子修好了,我听不见他车子的声音,但我仍然在倾听,因为我的耳朵已经习惯了这么做,我听到发出与他车子修好前几乎一样的声音的车子开过。

我躺在那里,咳嗽,睡不着,越想越气愤。尽管已经很晚了,我还是爬起来给他打电话。没人接。我更加愤怒了,因为如果他在另一个地方,他绝不会是一个人,如果他不是一个人,他根本不可能想到我。几乎可以肯定他没在想我,这是最令我烦扰的事情。假如他已经把我忘记,我又在哪里?我又是谁?我可以告诉自己我还在那儿,仍然是我自己,但是我感觉不到。

我回到床上,想读点书,但读不进去,我关了灯,开始生自己的气,然后生所有我认识的人的气。我开始入睡,却被自己睡着了这件事惊醒,又咳了起来。后来我再次睡过去,又醒来,咳嗽。就这样反反复复，直到最后我在抱枕上加了两个枕头，又在额头上放了一张湿面巾纸，靠着枕头才睡完了剩下的夜晚。

早晨，玛德琳给她的一个朋友打电话，一个自由职业的机修工，他过来检查我的车子，先是在屋外的雨中，车子发动起来后，进到车库里。我透过窗户观察机修工的那会儿电话铃响了。

■

小说写到这里遇到另一段难堪的记忆。他打电话来说有一对不知道我们已经分手的男女邀请我们去他们家做客。由于这次拜访确实发生过,我觉得应该把它写进小说,但是这么做让我觉得不舒服。我们四个人坐在一间小客厅里,我不停地望向地毯对面的他,觉得浑身不舒服,不停地掐自己的脖子以防自己晕厥过去,又不停地把目光从他身上移开去看玻璃窗外面或邀请我们的那一男一女。那个男人就是那天和我们一起乘船出海看鲨鱼并对我爱理不理的家伙。过了大约一小时我们告辞了,他开车送我回家。

我不知道为什么那次拜访那么让我心烦。透过他们租住公寓的大窗户,我看到的,是一块方方正正的草坪以及下方生长在一条狭窄小溪两岸的高高的茅草或芦苇。这是我上次从另一侧看到的同一条溪流,不过是在河道的另一个位置,离这儿很远,是在好几个月前,当我和他沿着海滨小路去那家小杂货店买啤酒的时候。

  是由于我不太熟悉这两个人不喜欢他们？还是由于他们租的带家具的公寓太小太难看——棕色的家具、棕色的墙壁、发黄的金属薄片窗帘？或者是由于他和我必须在这个地方这些人面前假装一切正常？这对男女就要结束在这里的居留，这是他们离开前的准备工作的一部分——与我们最后的、尴尬的一次聚会，几天后他们将会打电话问他能否开车送他们去机场。

■

在他突如其来地告诉我一切都结束了之后，我对所有的东西失去了兴趣。现在他对我的所作所为，不是与我而是与另一个女人待在一起这个事实，已成为一种物质渗入我的大脑，陷进去，又冒出来，一会儿在那里，一会儿又消失了，像气味或是味道。它会消失一阵，我觉得它不在我体内了。随后突然地，没有任何原因地，它会再次冒出来，它的苦涩无孔不入地四散开来。

我忍不住去想也许他还会回到我身边，因为他曾经那么爱我，因为除了知道他爱我，我对他一无所知。开始那几天我不想放弃，试图说服他跟我谈谈。我不在乎他和另一个女人在一起。我借助电话。他不得不接，因为有可能是别人打来的。出于礼貌，他不得不和我简短地聊上几句。

假如他说不想再继续下去了，我无法和他争辩，但是我还是忍不住想让他跟我谈谈这件事。他不会以任何让我满意的方式跟我交谈的。我觉得他应该告诉我他曾深深地爱过我，他还是同样那个人，但是由于某种可以解释的原因他的感情发生了变化。他应该接着解释他的感情曾经是怎样的，又因为什么发生了变化。他也应该承认他没有事先警告就离开了我，还有他在电话里告诉我，长途电话，一切都还正常时，他在说谎。

如果我无法和他在一起他也不愿意和我沟通，我至少想要知道他人在哪里。有的时候我能找到他，不过多数时候找不到。尽管找不到，我还是情愿出门去找他而不是在家里干坐着。

一天傍晚，我开车穿过北面的几个小镇去米切尔那儿吃晚饭。看着桌上卷成小卷的火腿和黄油我又开始恶心想吐，几乎无法开口与他交谈。米切尔准备饭菜时总是很精心，所以肯定会有上好的面包，或许还会有特制的腌黄瓜和芥末酱。在他全神贯注地计划晚饭和上菜的那会儿，我努力压制住自己的不适。最后他说到了某件我实在不想听的事情，我再也吃不下去了。

晚餐结束后不久我就告辞了，沿着海滨公路往回开。雨下得很大，但是由于公路经过他居住的小镇，与他的公寓只隔着一个街区，我不可能就这么从它边上开过去，我掉头先朝大海的方向开了一个街区，穿过一个带喷水池的小广场。我再次右转，驶离广场，在可以越过一个屋顶看到他公寓阳台和亮着灯光的窗户的路边停下车。窗户的窗帘没有拉上，但是由于公寓离得太远且高高在上，雨下得也很大，我无法看清楚里面的情形。

我摇下车窗。我看见一个人影在他厨房窗户前来回走动。这个人影似乎比他走动得要快一点，而且头发的颜色比他的要深。我决定上阳台看看这个人影究竟是谁。我再次发动起车子，开到他公寓后面的停车场。雨点敲打着水泥阳台，盖住了我轻手轻脚爬楼梯的脚步声。我沿着阳台朝前走，下方是仙人掌苗圃的屋顶，四周是苗圃院子里形状模糊的巨大的仙人掌植物。我穿着深色的雨衣和雨鞋。外面我站着的地方很黑，他的房间里亮着灯。

我朝窗户里面飞快地瞟了一眼，看见一个留着棕色短发的女人躺在他床上看书。她的双腿在脚踝处交叠在一起。从我这里看过去，隔着宽阔的房间，透过潮湿的玻璃窗，她脸上有点自鸣得意的神情，看着令人生厌。我往右边看去，看见他在小厨房里无声地走动着。我又回头去看躺在床上的女人，他突然出现在通往房间的过道上，离我意外的近，尽管是在玻璃的另一面，他在对她说着话，不过我只能看见他的嘴在动，无法听见他在说什么。我退离了窗口。

我离开阳台，下楼回到车上，开车驶离。我的脸庞发烧。我打开收音机。后来我意识到这场雨使我当时的行为变得更容易了，因为它不仅把我与我看到的车外的东西隔开了，而且也把我和我自己分隔开来，雨声则隔开了我与我当时可能有过的胡思乱想。

脱掉雨衣雨鞋后，在家里，我动手把钩子重新安装到先前洗好的窗帘上，并开始把窗帘往窗帘杆上挂。为了避免胡思乱想，我快速走动着。随后，由于总算知道他在哪里了，我丢下一大摞窗帘去给他打电话。他没有不友好，答应第二天过来看我。我挂好窗帘后脱了衣服上床，但随后，尽管已经很晚了，我坐回到桌旁开始工作。

我的眼睛像是被撑开了一样地睁着。我不觉得累。这之前我曾外出晚餐，冒着雨回家，和米切尔一起喝的白兰地并没有让我困得不能够脑子飞转地坐在桌旁继续工作。尽管觉得胃里空空的，我一点儿也不饿。我查看了那些可以吃的东西，可什么也咽不下去。

我拼命工作，工作进展得似乎也很顺利。工作的时候我似乎在等着什么，尽管我不知道具体是什么。随后我意识到我在等自己可以确定他和她做完爱睡觉了。一旦他们睡着了，我就能够去睡觉了。

第二天早晨我又坐在桌旁翻译。他说过上午某个时候会过来，他没有来，也没有来电话。我不断停下手头的工作抬起头来，看看窗外。每次看见的都是同样的东西：马路对面的栅栏，栅栏后面的屋顶，还有几棵树。时不时会有什么东西出现在我和我眼前的景物之间，我就观察它，不管是什么，直到它消失为止。

那位少女回到街对面自己的家里，手里拿着网球拍，胳膊上搭着一件运动衫。

一位老人从这里经过，迈着碎步缓慢地朝山下走。我经常看见这位老人跪在他那座紧挨着教堂的前院里的花丛中。

一阵微风刮过，一朵红色的花被吹倒，滚动着，在松软的泥土里。

两只狗走近窗前。大狗在一丛灌木前闻嗅，鼻了和脖子都在往前伸。小狗站在大狗的身后，伸着鼻子抬头在大狗尾巴下面闻嗅着。

好几次我沿着过道去到卫生间，看着镜子里的自己，梳理一下头发，用水漱漱口，然后回到桌旁。最后我出门去了商店，回来，给他打电话。没人接。我又打了第二次，然后是第三次。第三次他接了，说给我打过电话，不过我知道他没有打，因为我外出时玛德琳在家。他问我谈了又有什么用。

另一天我说服他下班后和我见一面。为了熬过傍晚这段时间，我去了城里的一家音乐商店，离开那里后又去了埃莉的公寓，伊芙琳和她的孩子们正坐在她家沙发和地上。我们冒雨出门，走了半条街去海堤边上看灰色的巨浪，然后开着伊芙琳的车去一家餐馆吃晚饭。我们那么多人挤在一辆车里，潮湿的衣服使得车里布满了水汽。

我确保准时赶回家，但是他没有来。他打来电话，说他第二天早晨要早起，不能过来了。随后他向我借车。他要送那对比他年长的夫妇去机场。他肯定觉得我的车比他的坐着舒适。我告诉他我的车停在车库里，我会把车钥匙留在车上。

上午，他去完机场把我的车送回车库后，我们去海边一家餐馆吃早饭。我担心假如我笨手笨脚让食物从嘴巴里掉下来或者把叉子掉到地上，就会把事情搞砸，尽管我知道实际上并不是这么回事。

我们并排坐在一条木长椅上，头顶上方挂着垂吊植物。他靠在椅背上，面对着我。他说了很多话，大多数与他自己和他的计划有关，我听着。我只从面前堆得满满的盘子里拈了一点面包吃。我想抽烟。付完账走出餐馆后，我们站在阳光明媚的阳台上，他拥抱了我很久。

我再次一人开车往南去，脑子里全是他说过的各种各样的话，我想要先确定我弄懂了他的话，然后再看看它们是不是和我的理解一致。

那顿早餐是另一个让我烦恼的记忆。是不是因为和他见面除了浪费时间外没有任何作用，我不过是在被自己的一根希望的细绳毫无抵抗地拖来拖去？不过当时的场景和与之有关的每样东西似乎都变成了我的敌人——窗外棕色泥巴构成的枯燥地貌、挖土机、附近竖立的崭新的木头房屋框架、餐厅里暖洋洋的阳光、蠢兮兮的垂吊植物、他令人难受的友好微笑、他交谈中的冷酷直率、墙上有毒的亚麻色木头镶板，还有那一大份早餐。

∎

　　那天晚些时候埃莉告诉我,我们的一个朋友要开个派对。我想我该打电话问他是否愿意和我一起去。可是等我打过去却没人接。我开车去了加油站和他家。然后在城里的大街小巷来回开着。我听说他的朋友都住在靠近海边的地方,不过我不知道具体位置。海滨公路下方的街道离海都很近,所以我开过每一条街道寻找着他的车。到了那时我已不打算和他说话了,因为这与去按一个陌生人家的门铃差不多。不过一旦开始了寻找我就必须尽我所能找到他。这一次我没有找到他。最终,几乎到了深夜我才通过电话找到了他。他很突然地问我到底想要怎样。他说他觉得他无法去参加那个派对。此后的通话中他只做了一点让步,让自己笑了一次,不过那可能纯粹出于礼貌。我无法理解他怎么可以早晨还情意绵绵的,现在却变得如此冷酷无情。

　　我在桌旁坐下工作,可是每次抬起头来,他的面庞就会出现在我前面。

我肯定是知道没希望了。尽管如此,回来后的四天里我对自己说还存在他回心转意的希望,虽然他几乎没做任何事情来怂恿我这么想。他拥抱过我一次,他吻过我一次,有那么两三次他提到的他生活中的事情可能与我有一点关系。

第五天傍晚,参加完那个他不愿意去的派对回家途中我顺路去了加油站,稍微有点醉意,我轻松地问他有没有改变主意。

我俩别扭地站在加油泵附近,像是在等着什么,路对面一辆货运火车缓缓开过。再过去,隔着一段距离,耸立着另一座小山,山顶上长着一排棕榈树。在我们的身后,被低矮的建筑物遮挡着,太阳悬挂在海面上方,温暖的橘黄色余晖洒落在山上的棕榈树,以及附近比山上的要矮一点茂密一点、围绕小城中央喷水池的棕榈树上。感觉上大海在很下方的地方,让加油站的沥青平台像是一片高原。一个凉爽的春夜开始了,但空气仍然柔和芳香。一辆野营车停在了加油泵跟前,一位消瘦但臀部很丰满的妇女从车里爬出来,羞怯地询问哪里可以买到丁烷气或者丙烷气。我离开前,他神态轻松地说,他还没想好,他感谢我的停留。

和他站在那里时我对当时发生的事情还能够忍受,独自一人后我再也忍不住了。没有东西能够分散我的注意力,玛德琳不在家没人能劝阻我,我打电话去加油站找他。我们聊了半个小时。他不停地放下电话去招呼客人。每次他离开后,我就开始计划接下来要和他说什么,好像这样我就能说对话,而他就会回到我身边一样。每当他重新拿起电话我就按照计划好的说给他听。最后我终于告诉他我想见他，他说不许我开车去加油站。但是他下班后也不会下山来看我。我们挂了电话，这之后我回到车上，开车去了加油站。

从路上我就能看见坐在办公室里的他，办公室在黑暗中明亮得像是一个陈列柜，而他则坐在玻璃橱窗后面，身上洒满了灯光。他坐在桌前看书。我走进去时他站了起来，从桌子对面走过来，像是要挡住我的视线，他宽阔的双肩绷紧着，它们毫无必要地变得比过去更强壮了。

他显然不想谈我俩的事，便和我聊起了他正在读的书。他一直在读福克纳的一部小说，就在桌子上放着。当时他正读着福克纳的所有作品，就像几个月前他读叶芝所有的作品一样。他想谈福克纳，但我不想，我们的交谈进行不下去了，我无法忍受目前的状况而他又不肯按照我的意愿行事。

我开始哭泣，他把手放在我的肩膀上，说："回家吧。"他说他必须关掉加油站了。他陪我走到我车子跟前，然后离开我朝办公室走去。我上了车，头枕着方向盘继续哭泣。他走出来，喊我的名字，沉默了一会儿，然后说假如我这样做会让一切成为不可能，我不明白我怎样就会让什么成为不可能。他走开去招呼一位客人，然后怒气冲冲地走回来，手里拿着一块油乎乎的抹布。他说他得去清扫厕所，马上就到九点了，现在不到九点半他没法离开这儿，而且九点以后他做什么都是没有报酬的。他的声音里包含了他对这份不起眼的工作的所有愤怒。这时候我也发火了，他把这份四块钱一小时的工作看得比我重要得多，最终我开车离开了。他的愤怒比他的友善更容易让人感受到。如果他不发火并弄得我也发火，我是不会离开的。这之后我做回了自己，又能正常行事了。

■

　　经过那五天之后，我放弃了，至少不再那么拼命地追逐他了，一种异样的阴郁笼罩着我。我愤怒得想伤害别人。我告诉自己他有多么随便，多么虚荣、浅薄和庸俗，多么卑鄙、无情、不负责任，多么虚伪。我说他没有良心、背叛朋友、侮辱女人、抛弃恋人。我说他自私得就连他的好朋友也成了他的累赘，当他们想要帮助他时，他只是把这看成另一种麻烦。

　　现在我的大脑每隔几分钟就会在数种状态中转换一遍，先是愤怒，然后释然，接下来是期待、温柔、绝望，然后又回到愤怒上，我需要努力才能弄清楚自己处于哪一种状态。

　　对他的思念不停地填充着我的大脑，每次都很痛苦。我知道这件事结束的部分原因是因为我自己的不满足。当我身处其中时，我不知足。可是现在出来了，我却不能释怀。我曾不得不通过毁灭来摆脱它，可是一旦置身其外，我却需要维持和它的联系，就好像我所需要的是处在这件事的边缘地带一样。

我不懂得怎样去爱他。和他一起的时候我一向很懒惰，不做任何有难度的事情。我从未打算为他放弃什么。如果我得不到想要的东西，我仍然去获取，决不放弃自己的努力。

他离开我之后我对他怀有更多的温柔蜜意，尽管我清楚假如他回来了我的这种情感会衰弱下去。现在我愿意做任何事情换取他回心转意，但这只是因为我清楚自己无法做到让他回心转意。以前，我很难伺候，有时对他很严苛。现在我容易相处，也很温柔，不过他几乎感受不到我的温柔，因为大部分时间里我怀着我的温柔待在自己的房间里。以前，我会说他这儿错了那儿错了，丝毫不顾及他的感受。现在我再这么做会伤害到我自己，虽然可能不像对他的伤害那么严重。以前，我喜欢听自己说话，对他说的话不感兴趣。现在，当一切都太晚他根本不想和我谈话的时候，我希望听他说话。

思考完这些后我备受鼓舞想和他重新开始。很激动，我觉得只要他同意，这次我可以跟以前完全不同。但是这个决心就像我对他回心转意的希望一样空洞。我知道如果他不这么想，什么都没有用。

开始的几天里，我很不耐烦，好像所有的东西都在和我对着干。现在我真的生气了，不仅对他，也对我自己，对其他的人，还有我房间里的东西。我生书籍的气，因为它们没有引人入胜到让我不再想他——现在它们毫无生气，只是些没有想法的纸张而已。我生床的气，不想上床睡觉。枕头和床单都不友好，从另一个方向看不整齐。我生衣服的气,因为看着它们我就看到了自己的身体,而我在生我身体的气。但是我不生打字机的气,因为如果我使用它,它会陪着我工作帮助我不去想他。我不生字典的气。我不生钢琴的气。现在我练琴很刻苦,一天好几个小时,从音阶和指法练习开始,以两段越弹越好的曲子结束练习。

我心里有很多怨恨。那是一种想把烦扰我的东西去除掉的情绪。九月里还是棕色的山峦转绿了。但现在我憎恨这样的景色。我需要看见丑陋凄惨的东西。美丽的事物似乎都与我无缘。我希望所有东西的边缘变暗、枯萎,我希望每层表面上都出现斑点,或一层薄膜,这样它就很难被发现,色彩不那么鲜明或清晰。我希望花儿稍微凋谢一点,我希望霉斑出现在红色和紫色花朵的花心。我希望海无花果胖嘟嘟水灵灵的叶子失去水分,干成锋利、嘎嘎响的尖刺,我希望山脚下的桉树丧失气味,大海的气味也消失无踪。我希望海浪虚弱无力,海浪声模糊不清。

我憎恨所有和他一起时待过的地方,到了那个时候几乎已是我去过的每一个地方了。如果看见一个比我年轻十岁的女人,我恨她。我憎恨每一个我不认识的年轻女人。很多年轻姑娘行走在我居住小城的街道上,不过她们大多数身材高挑,金发蓬松,笑容甜美,而我看到的她个子矮小,发色黯淡,尖酸刻薄。

我不想再提起他的名字。这么做会把太多的他带进房间。我让玛德琳说出他的名字,我用"他"来应答。

■

有时，在随后的几周里，日子像一连串艰难而无穷无尽的早晨、下午、傍晚和深夜的连接。早晨起床通常很困难。我躺在床上，以为听到了窗外泥地上的脚步声，但其实是我自己的脉搏，像沙子一样在我耳朵里敲打着。我担心将要面临的事情。在长达一个小时的时间里我闭着眼睛，做着梦，然后开始担心，然后开始做计划。这一刻我对事物的感知往往最为清晰，不过我感知到的事物往往以其最糟糕的形象出现。当计划做到足以打消我的顾虑后，我会努力睁开眼睛。如果能让眼睛一直睁着，我会打量房间。我会想他，然后努力去想点别的事情。可是我无法去想其他的东西，就好像我的身体在阻止我这么做，就好像他的某些精髓已经渗入我的肉体，由于这些精髓会升入我的大脑并填满每一个细胞，它如此强大如此有力，毫不顾及我自己，把我的注意力拖回到对他的思念上。最终我会举手投降。我会穿着睡袍和浴衣工作上几个小时，然后终于去更衣，但是一些柔软宽松的衣服，和睡衣也差不了多少。

通常我可以一直工作到午饭前。可是下午会变得缓慢绵长，慢得像是停了下来并死在了那里。我喜欢白天，黑暗已被留在身后，很久以后才会到来。不过我不太愿意走进白天的光线里，我总是把窗帘放下来。我喜欢通过窗帘的缝隙观察光线。我喜欢知道光线就在外面。随后，随着夜幕的降临外面漆黑一片，我会让房间里的灯一直亮着。

我尽我所能分散自己的注意力。我不停地走动，打扫家，或出门徒步，或与朋友聊天听他们聊天，或试图去读一本让脑子闲不下来的书，或在桌前从事一些不让自己分心的工作。有时我面前的桌子似乎是唯一存在的平面，其他的东西不是从上面跌落了就是急剧地上升了。

翻译是一项有益的工作，我本来就需要翻译一本短篇小说集。我坐在桌前的金属椅子上开始工作。通常我在早晨翻译，不过其他时间也会回去翻译上一会儿，甚至很晚的时候。这是一种任何时候都可以做的工作，实际上，心情不好的时候我翻译得更好，因为要是高兴或处于兴奋状态，我的大脑几乎会立刻游走起来。越是不开心，我越能把注意力集中在纸页上奇奇怪怪组合在一起的外国单词上，一个待解决的问题，难度足以让我不得空闲，如果我能够解决这个难题，我的大脑会被其占据，即使这个问题太难卡在了那里，我一时解决不了，像有些时候那样，我的大脑会一遍又一遍地与之碰撞,直到它终于被解开然后漂走。

这本书不算厚,但有点难度,而且由于注意力不够集中,我翻译得不是太好,尽管我非常努力也觉得自己的大脑够敏锐了。后来我发现,我用英文写下的字句读起来怪怪的。

只要是在阅读要被翻译的句子,或者写下相应的翻译,或者查找字典里的一个条目,我会被这些别人的语句所吸引,那不是小说里人物的声音,因为他们很少开口说话,而是小说作者的声音,提供我所查单词定义的字典编辑的枯燥、精准的声音,以及字典里引用的不同作家充满活力的声音。但是在停止打字拿起字典这短暂的一瞬间,一个不会超过五秒钟的间隔,当我没在盯着单词而是看着窗外时,这些声音消失了,他的模样会潜入我与我的工作之间,并产生一种鲜明的痛苦,仅仅因为有几分钟没去想他,或用正在钻研的文字把他置于脑后。

我也有信要写。我给我正在翻译的这本书的作者写了封信,写信过程中,我看着自己自言自语:瞧瞧她,在给这个男人写信,与此同时却放不下山上加油站的那个加油工。不过我给他写信的这个男人能够理解,因为他这部小说写的正是这类的事情。

我会坐在小桌前工作,然后会起身去把什么清洗一下——我自己或家里的某样东西,我的衣服或厨房里的某样东西。我一遍一遍地冲淋浴,刮擦着自己的身体,就好像我可以把自己的身体擦掉,不仅擦掉身上的污垢,还有皮肤和肉,最后只剩下骨头。我擦拭自己房间的窗户。擦拭每块玻璃的两面直到看过去玻璃像是不存在了，可以透过玻璃看见外面的植物和红色的阳台，以及拱形屋顶下的白墙，天气潮湿时，白墙反射着湿漉漉的红色阳台，变成了粉红色。

那个月雨很多。黑暗聚拢过来，乌云堆积起来，雨就落了下来，雨水垂直稠密，一会儿就停了。太阳会出来，在晴空里闪耀。屋外水坑里的反光像蛇一样沿着厨房里的木头橱柜往上爬。潮湿的屋顶被阳光迅速烤热，黑色的木瓦片上到处冒着蒸汽，像一阵烟雾被风吹下屋檐。太阳照耀了一小会儿后，黑暗又突然再次降临，我会看着房间尽头的床，看着黑暗在扩散，仿佛它就是始于那个角落，始于床上那条深色的毯子。

我经常不去做该做的事情。比如，我不愿意做一次哪怕毫不费力的清扫，而且我还会踩在自己弄出来的污迹上。有一次是我自己在厨房地板上留下的一大摊西红柿酱。当时我正穿着袜子一边来回走动一边大声和他说话，一脚踩在了那摊西红柿酱上，我没有去换一双袜子，而是躺在床上读起一本小说来，一本安静的、写得很好但有点乏味的猎鹿小说，其间我潮湿的双脚就悬在床边上，越来越冷。

我需要思路清晰，做出正确的决定并制订计划，但是我做不到。我考虑问题的出发点不对，不是陷得太深就是离得太远。我认为自己该去做某件事情，随后却又会怀疑自己是否会改变主意。有时候我知道该做什么但缺乏行动的意愿；另外一些时候，我有行动的意愿却不采取任何行动。因为我的这种自相矛盾，我无法不怀疑自己能否改变自己，不再总是那个我不得不与之奋争的人，那个打败我的人。

过后我会停止怀疑并变得顽固不化。我会把自己封闭起来，闷着头，不在乎别人怎样看待我我又怎样看待别人。

另外一些日子里我一刻也停不下来，我的大脑转个不停。似乎对每件事情都有自己的想法。围绕着我的孤独，如此厚重，似乎在把那些想法不断地灌输给我并强加在我身上。只要那个孤独的气球上面有个小漏洞，我可能有过的某些想法就会泄漏掉。每个想法都必须写下来，写在随便什么纸片上——购物清单、支票本、正在读的一本书页面的边上或空白页上。写下来我才不会遗忘，尽管我知道将来其中的一部分并不值得记住。我不是总能把那些想法及时地写在纸上，我知道自己忘掉了，找不回来了，我总会想到它，就好像它是纸上的一块空白。幸好我知道每个想法都很偶然，不然我会更难受。

在那些日子里，我打电话的时候语速飞快，对纠缠我的事情没有耐心，我不想吃饭，直到饿得发慌无法思考了才勉强吃上一口，我会边吃边在房间里来回走动。本来就吃不下去。我体内已经有那么多的东西，几乎再没有放食物的地方了。我在观察，好像从自身游离出来，当我细嚼慢咽，费力吃着一小块面包时我的胃怎样蠕动，吃苹果也一样。有时我可以咽下一点汤水，或一点生蔬菜。这种情况时好时坏。

我刻苦锻炼身体，跑步，快走，偶尔也去埃莉的健身俱乐部，不是为了健康，而是觉得如果身体结实了，就会把那些颤巍巍、果冻状的情绪赶走，太让人难受了。我更瘦了，肌肉像骨头一样坚硬，腿和手臂像连接在一起的金属部件。我的裤子松松垮垮。中指上的戒指很容易滑脱下来。

我烟抽得越来越凶，几分钟就抽完一支，在床上抽，在车里抽，去商店的路上也在抽。我的肺塞得满满的，整天干咳。回来后我就没停止过咳嗽。有时候咳得我很长时间无法入眠，我会起身喝一勺蜂蜜或喝点水再接着睡，整夜不停地咽着口水。

夜晚总是最难熬的。我原以为自己至少可以多读一点书，可是却很难集中注意力。想要休息也很困难。我无法早点上床睡觉。停止走动躺到床上很困难，最困难的是关了灯躺着不动。我可以闭上眼睛往耳朵里塞上耳塞，但这么做没有用。有时我想把鼻孔也堵上，还有我的嗓子眼儿，还有我的阴道。各种糟糕的念头跑上床来挤作一团与我作对，坏情绪跑来坐在我的胸口上，压得我喘不过气来。我会侧身躺着，瘦骨嶙峋的膝盖挤压在一起直到压出了瘀伤，右边的压住左边的，然后翻身，左边的压住右边的。我会仰面躺着，然后翻过身来趴着，头先枕在枕头上，然后推开枕头平躺，再向右翻身侧着睡，把枕头夹在双膝和双臂之间，随后再次仰面躺着并在头下垫上三个枕头，刚要睡着又突然惊醒，被自己正要睡着这个事实吓到了。

我思忖，好像这一切离我很远一样，如果我吃得更少变得更瘦，如果我还是放不下对他的思念，用更极端的方式让他和我对话并四下寻找他，接下来又会怎样。

■

我给一个叫蒂姆的英国人打电话,他的声音听上去很柔和,音调有点高。我问他能否与我共进午餐。挂了电话后我却打不起精神。我觉得我被他抛弃了,被他抛弃在一个只剩下文雅、有教养的英国人的世界里。

我计划好去山下的街角咖啡馆用餐,我们将坐在室外海滨大道边的餐桌旁。我计划坐在面朝海滨大道的座位上,从这里可以观察来往的车流。一切都在按照我的计划进行。蒂姆是个睿智的男人,他会是一个很好的伴侣,但是除了路上来往的车辆没什么能提起我的兴趣。

这顿饭吃了很久,在和蒂姆聊天的同时我观察着车流。最终,就在交通灯变红的那一刻,比我计划得还要好,他的车子开到我们的位置,他停了车,朝我看着,在红灯期间几乎一直面对着我。透过眼角我只能看到这么多。我或许对利用蒂姆这样的正人君子来达到自己的目的感到不安,刻意安排让他看见我在与另一个男人吃午餐,但是感觉不安并不足以阻止我行动。

那天下午,玛德琳不得不劝说我不要上山去他上班的地方找他。我不应该去他上班的地方大吵大闹,她说。她告诉我说,我比他大应该能把这件事处理得更好。她和我坐在一起跟我聊天。尽管我也可以给我自己与她相同的理由,但我无法阻止自己。如果她那个时候出门了,我肯定会给他打电话。她提议再陪我去看电影,或者玩牌。后来她做了晚饭。她说:"至少我们吃了顿晚餐。也算是做了件事情。"

∎

每当他不愿意在电话里与我交谈时，玛德琳就会反复劝说我不要去加油站。她觉得我应该更自尊。换了她会更自尊的。但是除非她就站在那里拦着我，我肯定会去。有时候我有借口。我知道这些借口很容易被戳穿，但仍然可以派上用场。

举例来说，我至少邀请过他参加三次派对。我知道那些是他想去的派对，而且除了我可能不会有人邀请他。他一个也没去，尽管每次拒绝前他都犹豫再三。第一次他等了几分钟，第二次半天，第三次一周。

第二次邀请他时，我发现他正在他公寓附近沙滩上方的停车场上打篮球，海鸥在头顶盘旋，在松树上方鸣叫。我坐在车里看着他。车里满是我一直在抽着的香烟的烟雾。虽然我是在越过几辆车子的车顶看着他，而他又在球场的另一端打球，不过还是近得足以让我能够仔细地观察他——他稀稀拉拉的发红的短胡须，他直立在头顶上的发红的头发，在脖子那里微微有点卷曲，他白色的皮肤,他泛红的脸庞,他的皮肤在阳光下变成粉色,在胸口处形成一个"V"字,他充沛的体力,他怎样迅速移动,怎样突然高高跃起,突然转身,时刻做好准备,时刻保持平衡。他球打得非常好。

我心满意足,因为这一次他就在我面前,我知道他在那里在干什么,我想看他多久就可以看多久,隔着一段安全的距离:他伤害不到我,而我也不用担心自己的外貌,做什么或说什么。

我俩还在一起的时候对于他人在哪儿我不是知道就是不在乎自己不知道,因为我们不会分开得太久,也不想分开。现在他几乎所有的时间都不在我身边,我知道他选择了离开,除非我死乞白赖地让他待在我可以看得见的地方,他有可能不会再现身。还有更糟的,他有可能彻底消失,我可能再也找不到他了。

我的一部分生长在了他身上,同时他的一部分也生长在了我身上。我的那部分现在还在他身上。我看他时不仅看到他,也看到我自己,看见我的那个部分不见了。不仅如此,我还看见他眼中那个他关注过爱过的我也不见了。我不知道我该怎样处理他生长在我身上的那一部分。我一共有两个创伤——他仍然留在我身上的和我在他身上的从我身上撕裂开来的那部分。

我抽着烟观看了约一个小时。我是否也感到无聊了?我是否只是把他——哪怕只有那么一小会儿——当成了远处的一个大男孩,一个打篮球的大学生?或者说把他贬低到那个程度让我感到高兴，因为这样做似乎就不会让他对我构成威胁？或者说我只是现在以为自己应该感到无聊，而我当时迫切需要知道他在哪里，只要知道他人在哪里我就心满意足了，根本不存在无聊这回事？

他离开球场朝我这边走来，我之前把车子停在了他回公寓的必经之路上。等他走近了，我倾身朝向副驾驶座敞开的车窗大声招呼他。他四下看了看，有点惊讶，听到我第二声喊叫后，他走了过来，看见我后笑了起来，进到车里在我边上坐下。他身体散发出来的热气渐渐给车窗蒙上了一层水汽。他微笑着看着我，把一只手放在我的颈后。我和他说着话，开过几百码到他住的那栋楼，同时一直在想他为什么要把手放在我脖子上。后来他把手从我脖子上拿开了。我和他一起上楼来到他的公寓。我坐在床边，他坐在地板上，背靠着墙。他似乎在考虑和我一起去参加派对。他全身都湿透了，脸还是红扑扑的。他身上的汗在变干，可能让他觉得发冷。我觉得他在等我离开好去冲个澡，过了一会儿我走掉了。

∎

　　文森特坐在客厅的一把雕花扶手椅上，因为想到我可能会在小说里加入伤感或浪漫的情节而大皱眉头。他说如果我写这部小说的动机如我所说，里面就不该有亲昵的场景。这话我觉得有道理。到目前为止，我并不喜欢我写进小说的亲昵场景，尽管不确定是因为什么。或许我应该在把它们删掉前先找找原因，不过我想还是先把它们删了再去思考原因吧。举例来说，我一直不喜欢描述打完篮球后我去他公寓的那部分，我已经把它越改越短。我倒是不介意描述坐在车里抽烟时我的想法。

　　文森特碰巧在读一本含有类似于他希望我删除的东西的小说。他觉得那些场景也不属于那本小说。他给我描述那个女人对那个男人的欲望怎样强烈到了不能自持的地步，那个男人又是怎样答应满足她，尽管没过几个小时他就再次抛弃了她。我觉得文森特对这本书的喜爱程度不足以让他继续读下去。

　　不过我怀疑他觉得我也应该略去我的情感，或其中的大部分。尽管他看重情感，也怀有各种强烈的情感，但它们不像那些他愿意长时间讨论的东西那样让他感兴趣。他当然不认为它们可以用来为不良行为做辩护。我不是为了讨好他才写这本书的，那当然，不过我尊重他的看法，尽管它们通常不那么好通融。他的标准非常高。

我突然想到尽管我过去经常参加派对，但我在小说里只描述了其中的两场，而对于第二场派队的描写只限于派对上缺少的东西。现在甚至连"派对"这个词似乎也属于另一个时代，属于一个更年轻的女人的生活。

并不是说我不再参加派对了。不过参加的次数不足以让我认为自己是个常参加派对的人。不过就在几天前的一个晚上我和文森特还参加了一个酒会，在附近的一所大学，为新来的系主任接风。尽管就连酒会的正式邀请函看着都不让人兴奋，但出于某个他不愿意说明的原因，文森特还是觉得我们应该参加。他说我们应该寄出接受邀请的卡片，让护工晚点下班。

那天晚上下着雨，这事文森特提醒了好多次。他说天气会变得更冷的，问我们该做些什么准备，比如，如果从酒会出来后发现地上结了一层薄冰的话。他说那儿,我们可能谁都不认识，不过他又说出两个可能会去的人的名字。他说我们还得换套衣服。不过他显然还是觉得我们应该去，我们换了衣服。我穿了一件羊毛外套，他穿了一件干净的衬衫和一件旧夹克，打了领带，我们冒雨出门，很晚才到那里。

不过酒会正处在高潮。密集的人群里有身穿深色西装的老人，看上去还很清醒的年轻人，以及穿礼服的女人。只有三人组爵士乐队附近还有点空地方。文森特似乎谁都不认识，如果我从他身边走开去看看有什么酒或角落里桌子上放着的奶酪葡萄拼盘，会抬眼看到他就跟在我身后，端着一杯装在塑料杯子里的苹果酒，彬彬有礼随时准备与人交谈。我们在这里逗留了一阵后就去大厅看壁炉里的火苗，然后又去了大楼后面的阅读室。回到正厅后，叽叽喳喳的交谈声还和原来一样，我们仍然没有碰到熟人，我们从门厅取出外套朝大门走去。正当我们就要离开的时候，一位衣服上别着名牌非常友善的年轻姑娘走过来，和我们交谈了一两分钟，感谢我们的光临。

我只吃了几颗葡萄，没喝酒。回家路上文森特说他其实认出了一个人还和他打了招呼，可是这个人似乎不记得他了。随后他补充道可能我们认识的人在我们到达之前来过又走了。

但奇怪的是，由于大学那栋宽敞漂亮的旧楼，由于酒会提供的食物、酒和音乐，由于那位别着名牌的姑娘和蔼地与我们道晚安，最重要的是，由于那么多人在微笑交谈，即便对象不是我们，一种受欢迎的节日气氛一直在我们身边萦回，尽管我和文森特几乎默默无闻地去了那里又离开了。

■

玛德琳经常感觉到，透过墙壁，从房子里她住的那个部分，我又打算去做某件不该做的事情了。她会过来陪我，和我聊天，给我讲故事，或是陪我去散步。我们至少出去看过两场电影。

她告诉我她是怎样认识后来在意大利与她同居的那个男人的。那时她还和另一个男人在一起，一个海员。那天她正在清洗一艘她恋人打算开去塔希提岛的船的船身，拖把头掉进了海里。那个意大利人正好就在附近，他划船过来，把拖把头从海里捞起来递给了她。几天后，她坐在码头上哭泣。她的恋人扇了她嘴巴。那个意大利人再次遇见了她，很同情她。他们先一起住在古巴，然后去意大利和他父母住，在那里所有的事情都由仆人替她做，他们给她熨衣服。她说这让她感到不安。

我一直认为那艘船停靠的港口就在我们附近的那座城市，与后来他给海胆装箱的港口是同一个，不过我有可能记错了。

其他朋友也经常讲故事给我听，埃莉告诉我她与丈夫的生活。自从答应嫁给他后,她就不再喜欢他了,尽管此前喜欢过。他们去大西洋海岸的一座度假城市,在那里他在她眼里显得特别矮,比过去任何时候都矮。结完婚他们就开始吵架。她嗓门大火气也大,而他则不吭声,急于结束争吵,这导致她更加愤怒。她告诉我朋友来她家吃晚饭之前他们可能正在吵架,朋友到来后会停下来。她和他会假装什么事都没有,尽管她刚才还把奶酪和饼干扔得满屋子都是。客人离开后,她丈夫以为争吵结束了,但是客人刚一出门,她又吵上了。

与另一个人一起生活确实不容易,至少对于我来说是这样的。这让我意识到自己有多自私。爱一个人对于我来说也不是一件容易的事,尽管我在不断进步。现在我每次可以温柔一个月,之后又变得自私起来。我曾努力研究爱一个人究竟意味着什么。我会写下著名作家的名言,诸如伊波利特·丹纳或阿尔弗雷德·德·缪塞,如果不是因为这些名言我不会对他们感兴趣的。比如,丹纳说爱就是让另一个人的幸福成为你人生的目标。我会试着把它应用到自己身上。可是如果爱一个人意味着把他放在比我重要的位置,我怎样才能做到?似乎有三种选择:放弃爱别人;不再自私;学习怎样在自私的同时爱一个人。我觉得自己掌握不了前两种,不过我可以学习如何变得不那么自私,这样至少能在一段时间内去爱一个人。

■

　　我拆开埃莉寄来的信封，看了里面的照片。由于不喜欢这些照片带给我的震撼，近期内我不会再去看它们。我不认识这些面孔，我不认识它们，我不认识这些凸出的颧骨。我不认识那个拥有这些特征的男人。而且我无法让自己长时间地看着这些特征来让自己习惯它们。

　　看着这些照片我想到其实我并不了解他这个人，因为我从来就没有用陌生人的眼光观察过他。认识他刚半天我就和他亲密得没有机会那么做了，到了后来再想以陌生人的眼光看他已为时过晚。我想知道我现在对他的看法。

　　我的记忆里留有他的形象，他说过的只言片语，还有对他的一些印象，其中的一部分互相矛盾，不是因为他的反复无常，就是因为我现在情绪的波动：如果我正怒火中烧，他会显得浅薄、残忍、奸诈；如果我心怀柔情，他则显得忠诚、诚实、敏感。主体业已消失，原貌不复存在，我试图围绕它建立的一切也许复原不了事实。我在思考自然界的例子，生物死亡，留下空壳、鞘、背甲、贝壳，或一块从生物身上剥落、刻着该生物形状、比它存活得更久的岩石。由于不了解现在的他，我现在想象的他的动机和感情可能与他当时的大相径庭，或者，由于现在我和文森特长久待在一起，我有可能借用了文森特的动机。我试图识别一种动机，识别出一种只属于文森特的动机。

■

  第一次和玛德琳出去看电影,我们开车经过北面几个小镇去了一家小电影院,一个给人亲切感的地方,在一片黑暗的包围中发出温暖的光亮。我们看了一场把我俩都吓得半死的电影,讲的是一场危险的政局。

  第二次去看电影,我们又去了那家小电影院。我们到得太早,不得不坐在里面看完上一场电影的结尾,然后是由一组曝光不足的照片组成的介绍这个小镇的枯燥短片,配的音乐也不伦不类。等到电影开始后,我俩都不喜欢那个在罗马浴室的开场,那些身着长袍面色苍白的人,于是起身离开了。

  坐在电影院里我已经忘掉了他,可是沿着海滨开车回家途中我们要经过他住的小镇,随后,在家里,他的形象不停浮现在我和我想要读的书的书页之间。

  我曾告诫自己读一些能让我忘掉其他事情的书籍。可是我记得那天晚上我读的是亨利·詹姆斯的书。我不明白自己为什么会在那样的时刻选择去读亨利·詹姆斯。也许那时我的野心还很大。如今我几乎什么书都读,只要里面有个好故事——对一家大型市立医院的一名护士的审判;对一个英国传教士带领中国儿童翻山越岭去黄河边的记载;一位妇女在一家墨西哥诊所治好自己的癌症的传闻;新西兰的一位毛利儿童教师的自传;崔普家庭演唱团[1]的生活,等等。如果想把大脑从某件痛苦的事情上转移开,现在我会选择这一类的书籍。但当时我没有挑选真正能够分散我注意力的书,而是那些仍然会让大脑的一部分从正在读的东西上游离开、无休止地寻找同一块啃过的骨头的书籍。

那本书就摊开在我面前,但我不明白它在说什么,如果我努力把注意力集中在书中的句子上,把句子里的每个部分同时放进脑子,并最终读懂了,我几乎立刻就忘掉了刚刚读过的东西。我的大脑不停地从书中游离出来,我不停地把它拽回去,最终我被这种挣扎搞得精疲力竭,还是记不住刚读过的这几页。

我停下来去想其他的事情,其他伤害过我的人。比如,他不是唯一欠我钱的人。一家城市小报的老板曾用一张无效支票来付我的排版费,还有亚利桑那州尤马的一对夫妇,他们在一个国家公园倒车时面包车撞上了我的车子。尽管我知道别人或许会觉得债务会随着时间而淡忘,直到不再需要偿还,我还是忘不掉这些钱。

---

[1] 电影《音乐之声》故事的原型。

还有我的一个房东，一个冷酷无情的女人，她在城里我居住的片区拥有很多房产，我已经搬出她的公寓，她还收了我好几天的房租。我回想起从她那儿租来的破旧公寓，又大又空的房间，路灯怎样从没有窗帘的窗户照射进来，街角的交通信号灯怎样在安静的早晨嘀嘀嗒嗒地切换，白天重型卡车和面包车怎样叮叮咣咣地开过我窗下那条坑坑洼洼的街道，她怎样不愿意花钱维修房屋，以及后来她又是怎样被人杀死在自己的车库里。我回想起那些日子里上班时步行走过的街道，大清早，我怎样用钥匙打开空荡荡的报社大楼，我又是怎样一人坐在底层一个没有窗户的小房间里排版报纸的广告和新闻。

付我工钱的支票不停地被退回来，我又不停地把它们存进我的账户，有几张一直无法兑现。但和后来相比，那时我有更多的固定收入，更多的钱维持生计。后来有两次，我记得，我钱花光了，一分不剩，也没有任何经济来源，除了，其中的一次，一个朋友欠我的十三块钱。她把钱还给了我，除了得到一个给两个女人上语言私教课挣钱的机会，我不记得那时我还做过什么。她们表示愿意来我住的公寓上课，但我不想让她们看到我的住处，所以我同意在离我家有段距离的一家餐馆上第一节课。那天我犯了个奇怪的错误，我觉我必须一点整离开家门，才能一点钟准时与她们碰面。等我赶到时她们已经对我不抱希望，三明治也吃到一半了，手指上粘着蛋黄酱。她们无法应付纸笔，甚至连交谈都有困难。

我没有编造一个貌似合理的理由，而是告诉了她们实情，她们更加困惑了。等她们吃完午餐已没有时间上课了，但她们出于礼貌表示愿意付我钱。尽管感到难堪，我还是收下了。这与我想做的恰恰相反，但我实在没有其他的收入。其中的一人很快就不来上课了，但另一位，她相对有钱一点，坚持了几个月。

我再次拿起书，强迫自己看着书页。尽管我身负重压，黑暗朝我挤压过来，我不去看，也不去想，把它拒于几尺之外。我强迫眼睛一行一行地扫过页面，通过高度集中的注意力终于开始明白书里的故事，不过领会文字的含义几乎花费了我所有的精力。

一点一点地，就好像翻过的书页在我和我的痛苦之间形成了一个盾牌，又好像每页书的四条边变成了一间避难所的四壁，一个在小说中供我休养的场所，我开始不用费太大力气就可以置身其中，直到这个故事变得比我的痛苦还要真实。这时我继续往下读，人还有点僵硬，心情仍然因为痛苦而沉重，但在我的不幸和小说的愉悦之间找到了一种平衡。当这种平衡似乎牢靠了，我关了灯，很容易地坠入了梦乡。

后来，黎明前，我醒来了一会儿。我仍然很困，但我睁开眼睛，觉得自己醒了。我侧身躺着。在我的正前方，隔着床，隔着床单，我看见了他的脸，在靠近墙壁的地方。我尽量伸直右臂，用手去抚摸他的脸。他的脸消失了，除了一面空墙外什么都没有。随后被我奋力拒之身外的痛苦以意想不到的猛烈朝我袭来，涌入我眼眶的泪水如此突如其来,似乎与这份痛苦甚至与我本人无关。泪水注满我的眼眶,溢了出来,没等我眨眼就像玻璃珠一样滚落下来,然后,在我直直地躺着、惊讶得动不了身的时候,汇集到了我脸上的坑洼处。

■

那几周里，每天的主题都一样——我是否会见到他，或他的车。一天早晨我开车去学校停车场时正好走在他车子的前面，他看见了我，把车停在我旁边。我们下了车，说了一会儿话。看见他往停车计时器里塞硬币，我才想起来自己也应该这么做。我们的交谈有种断续、不规则的节奏。他说出一个想法，我想都不想就回应了，由于注意力不集中，他的话只留在了我大脑的表层。过一会儿我会再次做出回应，更深思熟虑一点。他的反应也一样。我俩一起离开停车场朝学校大楼走去。

几小时后，返回我停车的地方时，我确信他的车已经不在那里了，果然如此。那里停着一辆陌生的车子，一辆我从未见过的车子，一辆我毫无兴趣的车子，我觉得它奇丑无比，就因为它又小又黑又新，而不是又大又白又旧，又因为与我无关，它甚至有点令人厌恶，属于另一个肯定像这辆车子一样个头很小穿戴整齐的生命。

他没留下一个字、一张纸条就开车走了。他曾和我在一起,我俩的车子曾并排停了一个小时或更长的时间,现在他又走掉了,我不知道他去了哪儿。我现在仅仅知道,尽管这是一条对我有价值的信息,他每个星期三的早晨来学校。

如果没有当面碰上他,我或许会瞭到他远处的身影。他或许站在加油站外面或正步行离开那里,他的车停在那栋建筑的阴影里,或许他正开车转过一个弯,坐得笔直,一个人或和女朋友一起。或许我会看见一辆我以为属于他的车子,我跟着它穿过小镇或在校园里转悠,那辆车可能是他的也可能不是。有一次我看见一辆相同型号的白色旧车停在超市前面,但车牌不一样。我停下来把车牌号默念了几遍,想记住它。我想我或许能把镇上同一型号的白色旧车的车牌号全记住。但是等我从车里出来,那辆车已经开走了。我只知道镇上共有三辆与他的车相像的车,一辆的车牌号以字母"C"开头,一辆以"E"开头,还有一辆以"T"开头。

那天晚上,和朋友外出吃饭的途中,我从远处看到了他。他穿着一件蓝色的牛仔布夹克,冒着小雨向加油站的办公室走去。我们到达那家中餐馆后,我就走进洗手间旁的电话间给加油站打电话。一个声音欢快的男人接了电话,告诉我他已经下班了,走了还不到五分钟。我在电话旁待了一会儿。那个电话间,大公共区域里一个小小的私密空间,在那一刻比饭店里的任何地方都离他更近,因为有的时候,如果运气好的话,尽管身处公共场所,尽管离他很远，我仍然可以让他离我非常近，近到他的声音就在我耳中，他细细的声音通过一根电线进入我的耳朵，就像印在我脑海里的一张面孔。

晚饭后我开车回家途中经过加油站，加油站已经关门，棚子下面几排黑乎乎的油泵，办公室里空空荡荡，大垃圾桶里的垃圾被日光灯照得亮晃晃的。我开过他住的镇子上的几条街，然后沿着海边朝我住的小镇开去。尽管告诫过自己不要再去找他了，进入我居住的小镇后我没有左转，而是右转开过火车站，非常缓慢地穿过街道。昨天我曾在那里见到过一辆很像他的车的白色旧车，当时我无法停车，那辆车此时又停在了同一个地方。我从街对面越过它，掉了个头，慢慢把车倒到与它并排的位置。我觉得车牌号不是他的，但还是想再确认一下，就好像如果看得再仔细一点就会发现车牌是他的了。我在一个车道里再次掉头，逆向径直朝它开过去，我的车大灯照着它的车头。不是他的车。

绕着镇子转了一圈后没有找到他，我灰心了，人也变得没精打采，我朝经过的一座又一座房子的窗户里看去，几乎每扇窗户里都能看见一个闪着白点的电视蓝屏。

回到家，院子里伸到砖头小道上的坚硬的玉树树枝在我侧身走过时磕绊着我，富有弹性的叶子饱含水分，厚实而肆无忌惮，就像等在黑暗中的动物。白色的月亮挂在黑色的天空中，附近有三颗明亮的星星和一丝白云。月光洒满了阳台，我在那里静静地站了一会儿，就这么看着，门廊屋檐下的阴影一片漆黑。

进到屋里，玛德琳让我猜不久前发生过什么。我等着。她说他来过了。狗在叫，她出去后发现他在那里。他是走上山来的。她和他交谈了五分钟。后来她看见他的车停在附近的便利店门前。她觉得是他的车子坏了，他需要我帮忙。"他可能想借你的车用。"她说。

我曾多次想象过这样的来访，包括狗叫。现在真的发生了。不过它发生的时候我却在火车站附近围着另一辆白色的旧车来回转。

■

我突然想到假如他不再愿意和我好下去了，那么我在想要见到他，闻到他的气味，听到他的声音的时候，不顾及他的意愿去找他，我是在把他当作比人低级的东西，仿佛他与我需要的其他东西一样被动消极，是某种我需要消费的东西——食物、饮料，或一本书。

不过去找他的时候我也很被动，真的，比什么都不做还要被动，因为我在又一次把自己放入他的手中，成为一件任他处置的东西。不采取行动其实才是能做的最主动的事情，可是我做不到。

我感到我的眼睛在其内部为他身体的图像留有一席之地，眼睛的肌肉习惯了以正确的收缩程度来接纳他的形状，现在它们因为这个形状不在面前而饱受折磨。

■

邀请劳里来我这里晚餐并让她带着长笛过来的那一天，我也给他打了电话，但没人接。天黑了下来，下起了雨。我冒着雨走出家门，走在小镇主街上察看来往的车辆，转身往回走时，我觉得看见他的车子从身边经过，里面坐着两个人。我注视着它，一眨眼的工夫它就不见了，因此我不能肯定是他的车子。我经过家门，看看劳里来了没有，她还没来，我接着朝超市的方向走去。如果他的车子停在那里的停车场，那么除了找到他我并不想做什么。我只想知道他人在哪里。我走在一条路的中央。快要走到路尽头的时候，一辆面包车突然拐到我前面的路上，车大灯照着我。我跌进路边的一条浅沟里，愣在那里看着面包车从我身边开过。随后我从沟里爬了出来。我穿着雨衣雨鞋僵直地站着，看着自己，看着自己在做的事情，一个我这样年纪的女人，晚上在雨中四处乱窜，不像人倒像是某个东西，像一条狗。

我走上另一条路，走在路的中央，一条从很高的山顶陡然下降到海边公园的大路，又停了下来，迷路了，扭头四处张望着。我看着山下超市的停车场，最后那个我想要寻找他车子的地方。车不在那里。

我知道他有时去那家超市购物。几周前玛德琳在那里遇到过他。他不像以前那么开心，她说，像是有点烦恼。她以为他会停下来和她说几句话，但他朝肉类食品区走去了。他和他的女朋友一起。玛德琳曾说过："她看起来非常年轻——十七岁。非常年轻。很不错。是的，很漂亮。"那时我还没有见过她。

我只见过她两次，我记得，一次透过潮湿的玻璃隔着房间，一次是我和埃莉从电影院出来时。当时我们在镇上一处荒凉的地段，有很多空着的商铺，我们正把车开出一个现在我觉得是一家大型电影院的巨大停车场，经过一长队等着看下一场电影的小小的黑色人影，我开着车，两眼直视前方，埃莉则从她右侧的窗户朝外看，看见了他并指给我看。他和女朋友以及另一位女子站在队伍里，一个高出别人好多的女同学，以致他和他的女朋友都仰着头看她。在那个杂乱无序的苍白场景里，三个人显得又小又黑，让人觉得很可笑。

他们实际上不可能像我记得的那么小——随着时间的消逝，他们在那个记忆里越变越小，而其他的东西则越变越大。

我为什么要问玛德琳她是否漂亮？这有那么重要吗？难道漂亮是一道魔法？

可是我自己也想尽可能漂亮一点，以防万一被他看见，好像这有什么用似的，尽管他从来都接受我的长相：看上去很疲劳，有几条皱纹。但是我原本可以更漂亮一点的。我头发留得太短，脸看上去比实际年龄苍老，更憔悴，身上的衣服松松垮垮。因为白天经常待在室内，我的皮肤苍白，像其他不见光亮的东西一样。或者，早晨看着镜子中的自己，就像是在看天气或报纸，我会看到我今天的肤色不是白色的而是黄色和橘黄色的，有时候则是斑斑点点的粉色，眼睛比原来小了。

我没有时间在镜子上来回跑，把所有地方再检查一遍。有时我会这么做。有时我走到镜子的一头，想象他在另一头，赶到另一头后又想象他在我刚离开的那一头。由于我这么做的时候时间在不停地流逝，所以总存在他去一个地方的时候我却在另一个地方的可能。

回到家里，我听到外面有辆车停了下来，随后院门门闩响了一下。是劳甲。她不知道她其实与这里发生的事情，与我都几乎无关。她肯定以为一个愉快的夜晚即将开始，她将会享受一顿丰盛的晚餐，会有愉快的交谈，演奏一会儿音乐，她可能觉得我也期待着与她共度这个夜晚。她微笑着，立刻开口说了起来。可是我眼前有种类似迷雾的东西，也听不清她说的话。其他的东西塞满了我的大脑，挤压着大脑的四壁，以致几乎没有空间来存放她的话，更没有空间让我准备答案了。我一边试图听清楚她说的，想着如何回答她,一边准备着我俩的晚餐。

如果是埃莉,我尽可以跟她说我不舒服,但跟劳里却不能这样——她渴望八卦,别人的不幸总能让她开心,因为这让她感到幸运。她乐于见到别人身体超重或长相平平,这会让她觉得自己苗条漂亮,尽管没有这些她也足够苗条足够漂亮了。她乐于见到别人孤独,这样她就会为自己的孤独找到安全感。

雨停了,我们把折叠桌搬到阳台上,在那里吃晚饭,尽管天已经黑了。虽然有来自桌上的蜡烛和门廊下电灯的光亮,但还是看不清楚饭菜。晚餐的主要部分我没有犯大错,但沙拉里盐放多了,咸得几乎无法入口。劳里说蛮好的。

劳里带来一盒糕点当甜食。玛德琳从房子她那一侧出来打招呼,我请她尝一个。她拿了一个,站在我们后面一点,在靠着拱廊玻璃墙生长的高灌木丛的阴影里吃着。她对劳里说了几句带刺的话,我觉得劳里没听出来,主要是因为劳里觉得玛德琳的话不需要仔细去听,后来玛德琳回到房子里她自己的那部分。我知道过后她会取笑劳里,因为劳里是那一类女人,她们的行为和性格最遭玛德琳憎恨——巧舌如簧、上瘾一样喜欢打情骂俏、好奇心旺盛、缺乏同情心。劳里还有别的更好的品质,不过玛德琳在场的情况下它们不太可能表露出来。

我也知道玛德琳现在会坐在自己的房间里心怀不满地想着劳里,她的面孔不再温柔和善,像她有的时候那样,而是刁钻刻薄，劳里也会考量玛德琳，对比玛德琳的孤独、她诡异的行为、她陈旧褪了色的意大利式服装、她身上的旧内衣和大蒜味、她的贫穷，劳里会感到自己万分幸运。

等到劳里离开，离我在雨中四处游荡算起已过去了好几个小时，那几个小时，现在就像一个良好的保护物，顽强地屹立在我和我此前的感受以及思考的东西之间。

第二天我一个上午都在给他写一封长信。后来我停下来，不是因为信写好了，而是因为我在上面花的时间越长，越感到绝望，最终这个绝望沉重到了我无法拖着它继续前行的地步：这些密密麻麻的黑色字母看上去那么虚弱，躺在页面上，一页又一页，自顾自地喋喋不休，解释、争辩、抱怨、指出不合逻辑的地方、描述、劝说，等等等等。

现在我意识到劳里肯定就是臭鼬出现在学生和教师当中那次与我共进午餐的"L. H."。

■

夜深人静以后，我不仅能听到海浪拍打沙滩的声音，也经常听见周围一些此起彼伏的声音，先是那只猫几乎带有表述的叫喊；随后狗从睡梦中醒来，睡意蒙眬地咕哝着，再后来，如果我在读书，我也会听见正在读的单词发出的声音，如果我正在气头上，它们听上去空洞、尖刻或牢骚满腹，一行一行地穿过页面。

为了让自己睡着，我并拢膝盖侧身躺着，手掌合在一起夹在大腿之间。或者平躺着，双手交叉放在胸前，两只脚在足弓处交叠在一起。我需要对称地安排我的四肢，让它们相互触碰。我需要把各个部分尽量连接起来，感觉被捆绑住了，捆在了床垫上。如果我一动不动地躺得足够久，就会觉得自己的身体似乎已经融入床垫，除了枕头上的脑袋外什么都没留下，眼睛在眨巴，脑袋里有一个大脑。

有时候我只有靠着靠垫和两个枕头坐得几乎笔直才能入眠。处于这样一种姿势我咳得较少，可以驱除压在我胸口的骚扰。这种姿势不太像是在睡觉，如果灯也开着的话，更像处在一种清醒的状态，对我来说处于这种状态反而容易一些，因为我对它有更多的掌控。

我学着在就要睡着的那一刻让自己清醒过来，在就要开始做梦的那一刻纠正自己。这是一场梦，我的大脑会说，我会醒过来，为了能以正确的方式重新来一遍。有的时候我的大脑从一开始就停不下来。

有时睡眠会突然同时降临到我身体的每一个部位，我的大脑会惊讶地注意到这一点并叫醒我。要不然会有一个奇怪的噪音吵醒我，先是心脏狂跳，随后我会怒火冲天，再后来我的大脑又运转起来，越转越快。

半夜里，外面的那只猫会因一次捕获而叫个不停，随后它会跃上沙门，爪子在沙门上乱抓乱划，发出刺耳的声音。或者会有一辆发动机很响的车子在街角停下来，我飞快地睁开眼睛，躺着不动，侧耳倾听或是跪在床上朝窗外张望。那辆车会开走，而我则会再次躺下。尽管我的眼皮是合上的，眼皮底下的眼睛却仍然睁着，凝视着黑暗。

如果我打开灯，尽管灯光非常刺眼，写下我正在思考的东西，问题也许就解决了。要不然读点书，或起身热杯牛奶或把茶拿回床上喝。或许并不是饮料在起作用，而是因为我做了一件关心自己的事情，像一位母亲或护士那样。

偶尔，我的大脑也会停止监视和纠正自己，这时我的思绪会变得不切实际，这些思绪会转化成梦，我有种感觉，这时候，我的大脑其实渴望把一切都变得面目全非，实际上，它就坐在那里等着我放松对它的控制。

在我就要睡着的时候，他会走进一个场景并叫醒我，或者是他的形象会和其他形象混在一起变成梦的一部分。在一个梦境里他对我说："我从来没有过像你这样的恋人。"但是随后他就走开了，去一家餐厅上班，他说。我跟着他走进那家餐厅，因为，像往常一样，我总有更多的话要说。但是进入餐厅后，他坐在了一辆深色小汽车的驾驶座上，车里挤满了人，包括后排座位上一位非常漂亮的女子。我再次感到被他背叛了，他和别人在一起，欺骗了我。他从车上下来走进男厕所。我无法跟他进去，就走进一间电话间。但我没有给他打电话。

睡着后我更无力摆脱他了。不过有时候以那种方式与他度过一个夜晚还是蛮愉快的，尽管只是在梦里。一次，他来我那里，一个公共机构的食堂。他变掉了：脸有了轮廓，瘦了，非常冷静。对我来说，最重要的是他回来了。这里面包含着一种终结，结束了我的白日梦以及很多其他的东西。这种终结如此坚决，不可撼动，我们甚至都没有再去讨论它。我只知道现在我们就要结婚了。我告诉我母亲，她大吃一惊，不是因为我即将与另一个男人结婚，我确实将要那么做，而是因为我告诉她这件事的时候，她把他与某个演艺圈的黑人弄混淆了。早晨我赖在床上,像是要待在那个仍然覆盖在床单上的长梦里面一样。

有一个梦我只记得梦中的我并不介意他的粗俗,不过我不记得是什么样的粗俗了。而在另一个梦里,我母亲,人老了身体不好,但仍能自理且很开心,需要一个伴侣。她有点难为情地告诉我说,他同意陪她去挪威,如果学校愿意把付给他的某项经费增加一倍的话。

另一个晚上我在读一本弗洛伊德的书,一边读一边把读到的理论直接应用到他身上。他曾借给我三本书,我没有还给他。在一个寒冷的夜晚,他还带来过一条绿色的格子呢毯子,我也没还他。现在我盖着这条毯子,身边放着两本他借给我的书,在读第三本。我在读的书是关于健忘的。我读到对一个忘事的人来说,健忘是个恰当的借口,对其他人则不然。其他人会如实地说:"他不想做这件事!他对这件事没兴趣!"弗洛伊德称之为"反意志"。我对自己说他忘掉了所有当时没能打动他的东西。不过这并不完全是真实或公平的。如果他愿意的话,不管怎样,他可以忘掉其他所有的东西,特别是让他不愉快的东西,比如旧债主、旧情人以及生活中怨恨他的人。

关灯后我在黑暗中躺着,放松而平静,我借助想象他的模样来获得见到他、有他陪伴的愉悦,尽管我累得想象不出更多的东西——只有他的形象,站在一间灯火通明的房间里,背靠着墙。

我把他放置在那里，尽管他看上去有点不情愿，但当我开始入睡时，他径自转身离开了，走出了我的视线，就像走下舞台进到剧场的侧翼，我被惊醒了。我醒着思考刚才发生的事情：我把他带到了那里，但我太虚弱无法抓牢他的身影，失去了对它的控制。尽管他只是一个身影，但却有自己的情感，他是被迫待在那里的，一旦我虚弱到无法抓牢他，他就走出了我的视线。

∎

我的睡眠仍然不好。我总是缺点觉。如果能多睡一点，我的脸色会好起来，也不会轻易改变主意或者犹豫不决，不会隔三岔五地生病。但问题没那么简单：如果哪一天我睡多了，第二天就会因不够疲劳而睡不好——不是一开始就睡不着，就是半夜里会醒来并开始担心。所以我害怕睡得过多，情愿每天少睡一点，这样就能睡得踏实一点。

有时我会因为自己的一个变革计划而激动得睡不着觉：不是我们的饮食习惯应该变得像狩猎—采集者那样，就是家里的用品，应该尽量少用塑料，多用木头、陶土、石头、棉花和羊毛制品；或者是我们镇居民的习俗，他们不应该砍掉自家院子里的树或是焚烧树叶垃圾；或者是镇政府，他们应该多建公园，在每条公路的两边修建人行道来鼓励大家步行，等等。我在思考怎样拯救本地的农场。后来觉得我们应该养头猪吃掉我们的剩饭剩菜，镇上老年中心也该养一头猪，因为很多食物由于老人不吃而被扔掉了，我午饭时间去那里接文森特父亲时经常看见。这些剩饭剩菜会把这头猪喂得肥肥的，到了节假日就能为老人们提供一顿节日大餐。开春后可以再买一头小猪，小猪可以用它滑稽的动作娱乐老人。

现在我的夜晚反正要被打断，被文森特的父亲，他养成了随时起床的习惯。他走过过道，慢吞吞地，让人觉得他是在缓慢爬行，每次，我听到地板发出的咯吱声就会爬起来，看见他几乎一动不动地待在那里，街灯和经过车辆的灯光昏暗地打在他身上，他的睡衣是白色的，皮肤灰白，手指弯曲的双手往前伸着以保持身体的平衡，他身上散发着陈腐的气味，脸上挂着有点善良的微笑，都让我感到心慌。

接下来的白天里，因为疲劳或其他事情导致的心情，我坐在这里工作时，透过眼角，会看见老鼠从地板上跑过，但当我掉头看时，才发现它们只不过是木地板上的节孔。

太累了，我试图辨识一个自己写的字。我无法确定那是什么字。与此同时我听见脑子里有一个声音，是我自己的嗓音在念这个字，出奇的坚持，尽管我的眼睛仍然认不出这个字。

另外一些日子里，我的手会不停地在单词的后面加上一个句号，想要在我还没准备结束一个句子时把它结束了，就好像我的手试图阻止我说出我想说的东西。

老头子晚上不睡，白天却睡得越来越多。哪怕醒着他也安静地坐在一个地方，凝视着远方。他的陪伴是安静的，像一头奶牛的陪伴。实际上，像奶牛一样，凝视远方时他的嘴经常在咀嚼。但就在不久前，如果家里来了人他还会兴奋不已，他会站起来，靠着他的助步器。如果被问到自己的健康，他会开始大谈共产主义。

最近我的睡眠出了问题，原因是我又在担心时间和金钱的问题。我觉得就算停下来做一会儿翻译，我也可以在一年内写完这部小说。我真的就停下来去翻译一位我从来没听说过的18世纪作家的一篇很难翻译的小说，一起发生在避暑别墅里的很无聊的幽会。但是我很高兴这样的变化，因为在做这种工作时，最重要的决定已由别人做出了。我又停下来去翻译另一篇18世纪的小说，然后是第三篇。后来我意识到这样下去根本就行不通，因为这一年在飞快流逝，而我没时间来写自己的小说。我必须想点其他办法。于是我又签了一份合同，一个数量更大的项目，拿了一大笔定金，却没有开始做这项工作而是继续写我的小说。很快，不管我喜欢不喜欢，我将不得不再次开始翻译。

由于所有这些焦虑，我的胃开始出问题。我在担心我的胃，但同时也在虐待它。我早晨要喝三四杯咖啡，尽管知道这对我不好。我也不吃蔬菜水果，只吃白面包和饼干。我的健康开始变差。

也许我是在小说接近尾声时蓄意消极怠工，这样如果无法完成我就会有很好的借口：节日期间染上的感冒加重了，变成了轻微的急性肺炎；由于咳嗽太凶而裂开的两条肋骨；然后是貌似严重食物中毒实际上却是急性肠胃炎。肠胃炎一直不好，转变成对食物的神经性过敏，不过当我意识到我的肠胃毛病是自我诱导的后，它们好转了，但是又一场重感冒让我再次病倒，这一次影响到了我的鼻窦。

一天，当我停下手头的工作走进卫生间，看着镜子里的自己时，突然产生了一个可笑的想法。开始写这部小说时，几年以前，我觉得自己看上去一点也不像一位小说家，倒是很像一位译者。现在有些时候我觉得自己开始看上去像一位小说家了。瞟了一眼镜子，我对自己说，也许只要我看上去不像一个写小说的，我就得继续写下去，当我最终看上去像一个能完成一部小说的人了，我就能完成它。

如果完成了，我会大吃一惊的。这本书处于未完成状态的时间如此之久，我已经习惯了它的这种状态——未完成，也许我永远能够找到拖延的办法。或许我的精力消耗殆尽写不下去了。但是假如我继续写，我知道我会到达某个时间点，那时出于某些原因我无法再对这部小说做任何修改了，即便有再多的修改理由。

很长一段时间里我对自己说，即使这部小说会与我想写得很不一样，我还是要写下去，我会把能放进去的东西都放进去。现在，如果我结束它，我不知道自己是否会满意。我知道我会得到解脱，但不知道这种解脱是由于我讲述了这个故事还是仅仅由于终于做完了这件事。

这部小说并没有按照我最初的设想发展。我不知道自己对它真正有过多大程度的控制。开始时我以为自己对每个部分都有选择权，这让我很着急，因为似乎有太多的选择了，但是当我尝试某些选择时，它们并不适合，最终我仅剩下一种选择：这个故事中的许多部分不是拒绝被叙述就是要求我只以一种方式来进行叙述。

比如说，我曾考虑是否必须使用我常用的词汇，能不能用一些不同的词汇，或者使用一些更丰富的词汇，要是我再努点力的话。我觉得自己应该读读词典提醒自己那些可能已被我遗忘的词汇。当然有些词我是绝对不会使用的。一个女人曾以突发的热情对我说，她希望会有更多的人去用"烦扰"这个词，似乎只有英国人才用这个词，她说。我想要附和她，但我没她那么喜欢那个词，虽然我在翻译时可能会采用它。

不过现在我怀疑我实际上对自己的词汇也没有太多的选择自由，或许根本就没有，实际上这部小说就得这么长，有这么多的省略，包括这么多的内容，对事实做这么多的改变，有这么多的描述，这里精准一点那里模糊一点，这里写得真实一点那里用点隐喻，这里用完整的句子那里不用，这里省略一点那里不能，这里的动词可以缩写那里的不能，等等。

■

两位从英国到我的学校访问的诗人和我们住了几天,玛德琳和我像一对不习惯家里有男人的未婚姐妹一样讨论着他们的食宿安排。

其中的一位是个年轻人,另一位年纪大一点,长着一个凸起的小肚子和一把白胡子。他们睡那间空着的房间里的高低床。下午他们在阳台上排练他们的表演。

非常体贴的客人,他们让家里变了个样,干净的咖啡杯倒放在干净的台子上。他们懂礼貌,经常微笑,时不时还会发出一阵高声的咯咯笑声。年轻的那一位眼皮厚重,行动有点迟缓,坐在厨房的一张高脚凳上,年长的那位更有活力,捧着他的圆肚皮站在那儿,手拿咖啡杯或空着双手。他们走了以后,我发现卫生间水池边上粘着银白色的毛发,这些毛发随后粘在了我黑色的裤子上。

英国诗人在一间房间里表演,身后是一堵玻璃墙。透过这堵墙我能看见一个砖头围墙的小院子,砖墙上画着一个留着胡子的政治家的肖像。围墙外面,露出墙头的,是覆盖整所校园的深色的桉树。第一场表演里,两个诗人一起朗读,他们发出一些没有含义的声音:他们在用破碎的词语和单个音节制作一种音乐。由于这些声音没有什么意义,它们阻止不了我的大脑穿过那堵玻璃墙,在黑暗中寻找他,飞越院子里微弱的灯光,去他所在的地方。由于不知道他在哪里,我把他定位在了广袤的黑暗之中,让他填充着黑暗,仿佛我必须让他变得大到足以填满这片黑暗以及整个夜晚。

年轻诗人坐了下来,年长的一个人继续朗读一首以寻常词汇写成的新诗。念出一个有含义的单词,紧接着又念出一个。这些单词的用途与那些无意义的音节相同,也许它们故意失去含义。不过对我来说这些单词的含义并没有丢失,每一样东西的名字都带给我一幅图像,每幅图像都可能是一个我要去的地方而不是我现在所在的地方。如果诗人从他细细的黄色牙齿之间以及白胡须的上方用他的英国口音飞快地吐出"篱笆"这个词,紧跟着又吐出"墙"这个字,我就会置身英格兰,盛夏里,在一条篱笆和一堵墙的边上,篱笆芳香四溢,有一种杂乱的美,墙是由不规则的大石块砌成的,被太阳烤热了。我想要听到更多的单词,可是诗人在很长一段时间里没有使用单词,只是念出一些没有含义的音节。

回到家,上床后,关了灯,我从一本一直在读的书中继续为自己召集影像。我想看看能否把这些影像放置于我和我可能会去想的东西之间。我从书中取出一张冬青栎餐桌、一间食品储藏室、一间光线昏暗的储酒室、灰色的荞麦饼、黑色的酸卤汁、门廊、落在门廊屋檐上的成串的雨滴和紫色沙漠花朵上的尖刺。这些无辜的东西——食物、家的某个部分、家里的灯光——帮助我抵抗着他。我躺在床上,伸出床外的手臂垂落在拂过地砖的冷气流中,我想着别的东西,我身边的东西,通向大海的公路,斜坡和平面,海洋和沙漠之间的一块平原,退潮后的平地,峭壁上看到的来来往往的矮小身影。我倾听着嘀嘀嗒嗒的钟声,山下公路上飞驰而过的车子发出的唰唰声,还有大海隐约的咆哮声。不过大海的声音听起来让人不舒服。经过的火车发出的声音也一样,它跟大海的声音很像,但更沉重,更持续,也更长,有开头也有结束。所有这些夜晚的声音,实际上,都让人感到不舒服,携带着相同的联想。现在我来到了一个糟糕的地方,当我试图回到那些更安全点的东西身上,当我试图想象与英国有关的图像时,海洋发出的声音已变得那么沉重,那么黑暗,篱笆和墙变薄变平了,直到它们完全消失,我再也留不住它们了。

■

  有时，在夜里，当我做完了所有该做的事情；当玛德琳回到她自己的房间后；当我身边以及周围几公里的活动都开始减弱，当寂静扩散又扩散，一直扩散到镇上；当黑暗似乎弥漫到越来越广阔的地域，给了我需要的所有空间时，我会在折叠桌旁的金属椅上坐下，或者背靠着几只枕头坐在床上开始写他。我写下每一件与他有关的事情，包括在街上瞟见他的身影，或寻找他却没有找到。我不仅写下发生过和没有发生过的事情，还有所有我能想到的事情。所有事情都可能关联到他。即使没有关联，他的缺席反而让他更强烈地介入其中。我写下我记得的与他有关的每一件事情，尽管我不能完全按照正确的顺序回忆起所有的事情，或者意识到我弄错了某件事，或者一开始没弄明白我又去重写一遍。即使睡着了，有的时候，我会在睡梦中继续写他。我会写下哪怕最微小的事情，在我的梦里，每一件发生的事情都被写了下来。

  既然他不会做我希望他做的事，我就去做没有他我也能做的事情。和他一起的时候我曾写过他，那些让我感到意外的事情。现在我仍然出于意外才写，但是关于他的部分与其他的东西合不到一块。我不知道我这么没完没了地写他意味着我已经从痛苦中走出来了，还是只是在努力着要走出来。我不知道我的写作有多少出于愤怒，有多少出于爱，或者愤怒实际上远大于爱，我心中有一股强烈的情感，但爱只是其中的一小部分。

首先是愤怒，然后是越来越大的痛苦，我会考虑怎样把其中的一部分写下来。如果我写得非常精准，不管是想法还是记忆，我常常会有一种平静的感觉。写的时候要很仔细，因为只有仔细写才能把我的痛苦传递进去。我带着狂暴和耐心同时在写。写的时候我觉得自己很有力量：俯身于段落之上，一段接着一段。我相信它们很重要。可是等我停下来放松一下的时候，这种力量感消失了，我写下的东西似乎也没那么重要了。

有些日子我写他写得太多，以致他不再那么真实了，假如在大街上与他突然相遇，我会觉得他变了样。我觉得我成功地抽取了他的本质，用它填满了我的笔记本，这意味着我从某种意义上杀死了他。但是，一旦我回到家里，这些本质似乎又回到了他的身上，不管他身处何方，因为现在被抽空而没有生命的只是我写下的他。

也许我早该放弃了。如果这是现在唯一能够拥有他的方法，那我正在竭尽全力。有那么一小段时间这么做确实让我有种满足感，好像所有的痛苦并非一无所获，好像我在逼迫他至少给我点什么，好像我对他拥有某种威力，或是在保存某个否则就将遗失的东西。事实上，我不是在逼迫他给我什么，而是自己去索取。我没有拥有他，但我拥有这份写作，而他无法从我这儿拿走它。

我试图想象当前的事情发生在过去。因为现在很快就会成为过去，我可以想象自己在将来的某个时刻回望我置身其中的现在。这样我就能从中脱出一点身来，更加自在地与之相处。

某些事情我用第一人称来写，其他的，我认为最痛苦或最让人难堪的，则采用第三人称。从某一天开始，当我用"她"来代替"我"已经太久，甚至连第三人称都与我相距太近，我需要另一种人称，一种比第三人称还要疏远的人称。可是没有这样的人称。

我只好继续采用第三人称，过了一段时间后它变得温和无害了。再后来它变得过于温和、过于无害了——所有这些不叫"我"而叫"安"或"安娜"或"汉娜"或"苏姗"的女子性格软弱，或者没有性格，只是几个人名。

用第三人称来写这个故事久了以后，故事与那个人完全融合了，让我相信它发生在另外一个人的身上，改回第一人称，就像错误地宣称它曾发生在我身上一样。

我不知道为什么过了一段时间后我还在没完没了地写他。我估计那时我已经写得太多，写他的想法和我相伴得太久，挫败感也持续了那么久，不完成一点什么我是不会善罢甘休的。

另一个不想放弃的原因也许是我对自己的问题没有好的答案。不管什么问题我总能找到一两个答案,但我对它们并不满意:虽然它们好像是回答了问题,但那个问题并不就此消失。在我给他打长途电话时,他为什么要在电话里声称我们还在一起,没什么好担心的?我回来后他有没有真的打算回到我身边?他为什么要在一年后给我寄那首法文诗?他有没有收到我的回信?如果收到了,为什么不给我回信?我去那个地址找他的时候他住在哪里?既然他给我写过一封信,为什么没有再写?

我开始考虑怎样把我写的东西塑造成一部小说,我开始寻找一个开头和结尾。我之所以愿意让他搬进我的车库,后来,正是因为这样会给我的故事一个终结。但是如果他请求住在那里而玛德琳不予考虑,这不会是一个好的终结,特别是拒绝他的人甚至都不是我。实际的情况正是那样,所以我得寻找另一个终结。我倒是可以虚构一个,但我不想这么做。我不想做太多的虚构,尽管不确定是为什么。我可以忽略一些事情,我可以把一些事情重新排列,我可以让一个角色去做实际上是另一个角色做的事情。我可以让事情发生得比实际早一点或晚一点,但是我只能采用真实故事里的元素。

∎

刚才我一直在盯着一张我以前写给自己的纸条看,那种典型的我常会写下但毫无用处的纸条。纸条上有两处空白,当时我肯定觉得内容太显而易见不需要写下来。纸条上写的是:"真是够奇怪的,一旦她写下了 x ——,它似乎 ——。可是后来这种感觉消失了。"

我一次又一次拿出这张纸条来看,试图搞清楚它背后的意图。它肯定与逆转有关,某件事在写下来之前似乎是对的,或在某个时候是对的,后来却不对了。实际上它似乎涉及两次逆转,一次发生在刚写下来的时刻,一次在那以后,在第一次逆转的反应衰弱之后。当然,我可能已经把这个想法以另外一种更清晰的形式写在了别的地方,而且在不知不觉中已把它应用到了小说里。

在同一张卡片上,我用另一种颜色的墨水指示自己,带着强行干预的架势,把这个想法放进其他描写他的想法里去。可是如果不明白这个想法是什么,我无法把它放进去。

我不喜欢丢失任何想法,但失去这一个让我特别懊恼,因为我对它似乎熟悉到了几乎能够认出来的程度。不过我知道我经常弄丢自己的想法。每一天都会消失在与之相接的下一天的身后,与它所携带的事物一起。我尽可能准确地把事情记录下来,即便如此我还是经常弄错,而更多的事情则悄无声息地溜走了。

我从盒子里取出另一张纸条,试着去读最上面的一行,但是那些手写的字迹是上下颠倒的,我转了个方向,字迹还是上下颠倒。不管我转到哪个方向,最上面的一行字总是头朝下。刚开始我以为自己出现了幻觉,或者是我的字写得太潦草了。后来我发现最下面一行字的位置总是正确的——卡片上地方不够了,我是绕着卡片的边缘写的。

另一张卡片上也满是逆转:通过写他,我觉得,我在贬低他,在伤害他,尽管他本人有可能永远不会知道。这让我感到不安,并不是因为我在伤害他,而是因为我对自己的这种行为毫不在乎。不过在对自己说出这个想法后我更加不安了,甚至有点后怕,我想请求他的宽恕。但与此同时我却很清楚这并不能阻止我去做我正在做的事情。这些只不过是我的一些接踵而至的情绪而已。

有时我担心他会突然现身,或给我打电话,没有任何警告。如果我这么思念他,不管他身处何地,难道就感受不到吗?写这些我已经够费劲的了，我不知道他要是再掺和进来又会怎样。

不过，很有可能的是，如果他在事情发生之时哪怕花那么一点点时间认真地与我交流，听听我的诉说，他或许会省去我一大堆麻烦，连同所有这些工作。这部小说或许根本就没有写的必要。因为我知道我真的难以忍受，也无法忍受的，是别人在我想要说话的时候拒绝倾听。我觉得只要有人感兴趣我会说个不停。我或许可以站在这个镇上的邮局外面就时事高谈阔论一番。

对于时事我有许多偏激的观点。到了一定程度，文森特会拒绝再听下去。他先会让我冷静一下，然后转移话题。我们和朋友外出时，我不得不约束自己，因为我会过于专注自己的话题。以前则完全不是这样，那时我羞于启口，半天不说话，当我最终开口说话时，房间里已经鸦雀无声了。而且我说的都是一些不出格的话，别人对此毫无兴趣。现在我担心当我不得不停下来，就这部小说应该怎样结尾这个话题给出定论时，我不想停下来。

偶尔会有那么一个像埃莉这样的朋友会足够宽容地听我说上很久，尽管我能看到她脸上越来越明显的不耐烦。我回到东部后的好几年里，即便在我搬离城市之后，埃莉一直住得离我近，我可以随时给她打电话或登门拜访。现在她搬走了，我很怀念她。但奇怪的是，当她告诉我就要离开时，我并没有觉得难过。也许对于那个阶段的她来说，这是一件特别应该做的事情，因此我不会感到烦恼，也许我当时觉得自己还会经常见到她。再有就是也许我觉得她必须离开，这样我就可以依靠自己完成这部小说了。这并不是说她的人生决定取决于我正好在做的事情，或者说她一直在帮我写这部小说，除了当初给她读过开头的几页。但是这种感觉挥之不去：我已经来到了这部小说的某个节点，必须依靠自己的力量继续写下去，所以埃莉离开了，留下我来做完这件事。

■

某一类朋友，一些道德水准极高的人，哪怕不在我身边，也在时刻陪伴着我。他们的声音已经成为我大脑里的声音，因为我一直在非常认真地聆听他们。现在我让这些声音决定自己不能决定的事情，阻止我去做不该做的事情。"住手！"这些声音会说，吓我一大跳。"你不可以那么做！"

我对自己说现在我将要独自一人了，这种想法是一个避难所。我心里的某个东西已经死去或者麻木了，我很高兴自己什么都感觉不到，或者只有很少一点感觉，就像是，在其他的时候，我曾为自己能够感受到什么而高兴，哪怕是痛苦。

我并不刻意把自己当作一个女人。我并不觉得自己有什么特定的性别。但是有一天我坐在一家餐厅里，穿着拖鞋的一只脚跷起搁在椅子边上，一个陌生人走过来和我说了几句话又回到自己的座位上，后来，在他离开餐馆的途中，经过我身边时他弯下腰碰了碰我的光脚趾。很意外地，我被迫离开一种存在方式而进入到另一种里面。当我又回到最初的存在方式时，我已经不完全是当初的自己了。

我被迫想到自己身上除了那个疯狂工作、单调无味的大脑还有点别的东西，这个身体可能不只是为这个大脑而存在，和它长时间地单独厮守，这个身体和这个大脑还具有社交方面的功能。

在埃莉的健身俱乐部里，一天下午，我坐在一个温水浴池的瓷砖台阶上，看着身边身体各异的女人，不同的体型和比例。有的乳房小而扁平，有的乳房重得下垂，一直垂到了肚子上。有的长着滚圆的溜肩，有的则长着瘦骨嶙峋的平肩。有的长着丰满、曲线毕露的后背和方方正正、带浅坑的屁股，有的长着窄长的直背和圆圆的屁股。最让我感到惊讶的，是某些女人乳头的晕斑那么大颜色那么深，或者那么小颜色那么浅，几乎都看不见。还有一些女人，她们的阴毛一直延伸到了肚子上，或者阴毛的颜色不是深色的而是金黄或红色的。

实际上，当这些身体接连不断地从各个角落走进走出，从淋浴间出来，从蒸汽室出来，沿着瓷砖台阶下到水池里，沿着瓷砖台阶从水池里上来，所有这些身体，如果不像我自己的，都会让我感到意外。这些人的身体似乎都比我的更性感，这完全是因为我习惯了我自己的身体，也因为我用它去做那么多与性无关的事情。尽管我的乳房总是在我的衬衫里，大多数时间里它们只是陪伴着我步行穿过小镇，或购物，或开车，或在派对上端着一杯酒或一盘食物站着。如果我坐在桌旁工作，我的身体只是在支撑我，我的屁股压进椅子的坐垫，我的腿和脚在椅子两旁撑住我，或伸到前面，或在我身下交叠，当我感到疲倦用胳膊肘支撑着身体休息时，我的乳房耷在桌面上，我的肋骨靠着桌边。当我的身体不再只是为了有用而变成一种本该与性有关的东西时，这种变化有时让我诧异，也让我觉得极为武断。

■

  一天晚上,我与几个人待在我房间里,其他人离开后一个男人留了下来。他善良、文雅,我觉得,我以为和他在一起会是件很舒适而享受的事情,可是到头来我既没有感到舒适也没有感到不舒适,这只成了一件我在旁观和等着它结束的事情。这不是我熟悉的男人,触摸这具不熟悉的身体时,对于我那熟悉过另一种形状的手来说,他身体的每个部分都是一种震惊:他的屁股要小一点也扁一点,大腿要瘦一点,等等等等——不管我的手伸向哪里,触碰到的都是不熟悉的东西。

  这个人给我指示,不过很温和,我躺在那里,心想这件事开始像一种远程、机械的操作了。这中间有太多的玻璃,我觉得,就好像我戴着眼镜,在床上,清清楚楚地看着一切;或者像是我拿着一个显微镜靠得太近,看到太多细节,使用了太多的科学手段;或者好像我在观看着他和我在一个商店橱窗的玻璃后面一起到达高潮,日光灯的灯光无处不在;或者好像我俩之间，我俩身体的各个部位之间，我俩肌肤相亲时皮肤之间，都隔着一片片的玻璃，以致我可以把一切看得清清楚楚却什么都感觉不到，或者即使感觉到了，也只不过是一种冰冷平滑的东西。

我并没有混淆我们的身体。我知道哪只胳膊是他的哪只是我的，谁的腿，谁的肩膀。我并没有糊涂到去吻自己的胳膊，或者我的嘴碰到的随便什么东西。最细微的动作没有立刻引发另一个动作。它并非没有止境，我没有不断地深入我的身体和他的身体，仿佛极尽所能地逃离我的大脑，他的大脑，那么清醒，那么不屈不挠。它没有戛然而止。

他一大早醒来，那时我还想再睡一会儿，他点着一根烟，躺在那里抽烟，而我则躺在那里等他把烟抽完。后来他灭了烟继续睡，而我却头脑清醒地躺着。

到了早上，等我起床后他也起来了，我在房间里来回走动，和他说话，在厨房里绕过他，在走道里和他擦肩而过，我觉得不舒服，我觉得不自然。我的每个动作都过于深思熟虑，每句言论都讨于精心计划，而他的每一个回应也是深思熟虑过的，我想了又想，怀念我曾经拥有的过往，那时这一切是如何容易，不过随后我又想了想，记起过去走动和与他聊天的情形跟现在其实相差无几，那时常常也有同样的感觉，仿佛有一束强光照在每一个字上，因为他如此沉默如此专注地看着我。他的微笑多于言语,他很容易大笑,大多数时候,在他不生我气的时候,而他几乎从不会首先生气,尽管他大概经常受到伤害,他会时不时地告诉我他希望我和他在一起时能够傻一点。我不傻,我也不温柔。

■

尽管他离开我的时间并不长，我却感觉自己已经想他想了很久了。不过几乎就在我的朋友们停止了问我感觉如何的同时，我也不想再谈这件事了。一天早晨我带着同样的悲伤醒来，觉得这件事让我受够了。它已经走到头了，我想，经历了出生、成长和死亡。我意识里的一部分已经不再无时无刻地想着他，我会一连好几个小时没有让他出现在我的想象中，陪伴我，陪伴我的只有我自己。我很欣慰，像是听到了一则好消息，一件值得庆祝的事情。

但是接着我对自己说既然我的悲伤似乎已经痊愈，那么我和他可以开始一种崭新的关系，沉浸在那种感觉带给我的喜悦中，我又出去找他了。每次我都能把自己骗住，因为在这样的时刻我的一部分变聪明了，其他部分则变得愚蠢，愚蠢得恰到好处。

这一次我找到了他，他说他会来和我一起晚餐，而且这次他没有失约。下班后他来到我家，冲了个淋浴，在卫生间穿衣服的时候他唱着歌，像是要和我保持一定的距离。再次出现在我面前时他穿着干净的衣服，头发湿漉漉的。我们下山去到街角的咖啡馆，晚饭后他回到我家。直到很晚他才离开，不过并非因为想和我待着，而是他不得不在别的地方待着。他必须等他住的那个地方的所有人都上床睡觉了才能回去。他没有告诉我原因。他告诉我他通常在图书馆里度过晚上的那段时间。

我们聊了图书馆，我们聊了沙漠，那儿正值植花期，我们还聊了很多其他事情。从门口到他车子的那段路上他用一只胳膊搂着我。他说我家很舒适，我正纳闷他为什么要在这个时候说这些，他接着说他很怀念住在这里的日子。这时我问他愿不愿意和我一起参加派对。这是我邀请他参加的第三个派对。他说他也许会，一周后会打电话告诉我。他离开后，我确信这个夜晚将是某个不一样的开端。我确信我将会有更多与他一起度过的夜晚。可是我错了，所以说确信没有任何意义。

我以为那天晚上他会掉头回来，可是这点我也错了，我错误地以为他想要尽快给我打电话，不会等到一周以后。

■

　　我从剧场乐池朝大门口聚集的人群走去，让大家离开，发现他还站在拐角处，一脸的桀骜不驯。我醒过来又睡着了，我正坐在一辆计程车的后座上，黑暗中，他突然出现在我身边，抓着我的手说："放心吧。"为了再次入眠，我想象在用白色的图像裹住眼睛，白纸片在我眼前飞舞，等到我睡着后，这些纸片变成了一段什么都没说的对话——空白，空白——直到这段无声交谈的结尾处才出现了一句话。

　　早晨我在暴雨声中醒来，大海在咆哮，脚下的大地在抖动，屋外有东西在摇晃，发出嘎嘎的声音，狂风大作，树木摇晃成一团，簌簌作响。

　　我跟玛德琳讲了我那支离破碎的夜晚后，她想起来她夜里也有一段糟糕透顶的时间。她变得严肃了，几乎像在生气。"我三点钟开始打寒战，"她说，"不是真的冷，但在打寒战。心理上的。"我想象着，仿佛自己在高处俯视着我俩，我怎样清醒地躺在房子的某处，而她在另一处打着寒战。

暴风雨过去了，天气变得非常炎热。街对面，三四个男人在我邻居的院子里锯树。我购买食品回家的路上经过他们那辆坑坑洼洼、锈迹斑斑的蓝色汽车，朝车子前排座位看了一眼，一只黑狗躺在那里，睁着眼睛，腿撒开着，拴它的长链子从车窗穿出来又绕回去。

回到家里，坐在桌前试图工作时，我从一个不同的角度看到了那辆蓝色的汽车，现在它在街对面正对着我。阳光直射下来，烤着外面的什么东西，使得它的芳香飘浮在阵阵微风之中。那是栅栏边上玉树花的柠檬香，穿过打开的窗户进到了屋里。它让我想起了他皮肤上的香味，这味道来到我和我的工作之间，然后来到我和我正在阅读的东西之间。我再次诧异这件事为什么要持续这么久。

他仍然是我身上很大的一部分，在我的体内，他那甜蜜、鲜美、芳香的身体似乎完整地躺在我的体内。如今，在与我度过了一个几乎毫无保留的夜晚之后，他再次陷入沉默。他可怕的沉默把他置于一个距离我远得像是在另一个国家的地方。我试图猜测他是怎么想的，却无法想象。他巨大的沉默像压在大地上的乌云一样沉重，大地在它庞大的体积下萎缩，所有的生物匍匐于地，在可怕的密不透风的乌云下面继续等待着。

■

等待他回复的这一周，我在三天里分别约了三个不同的男人一起午餐。第一个是大学里的古典文学教授。第二个安静和谦卑得让我几乎立刻就忘记了他，尽管由于没有地方住，他当天晚上和第二天都睡在了我们那间空余的房间里。几个月后我在一堆东西里发现了一张他第二天晚上留下的语气谦逊的便条才又想起了他，条子上写的是："身体不太舒服，上床睡觉了。"第三个又是蒂姆。当我突然想到他们三个人都是英国人时，我开始怀疑自己现在是否只能容忍举止文雅的英国人，或者是否需要三个英国人才能替代他，或者他是否以某种方式分解成了三个英国人。

同一周，我母亲和她妹妹来我们这儿小住，家里似乎一下了住满了人，因为比起玛德琳和我，她俩的话特别多，说话的声音又特别大，还制订了那么多复杂的计划，无论她们进到哪个房间，都会留下东一堆西一堆的东西：毛衣、钱包、报纸、杂志、笔和眼镜。玛德琳觉得太拥挤，上山住到一个朋友那里去了。

正是她们在这里的时候我做了一个最糟糕的梦,尽管是一个很简单的梦:我在抚弄某种野生动物的身体,很可能是一头非洲野猪。

■

终于，在派对举行的那天下午，他来电话说他想要去，不过又飞快地加了一句说打算带上女朋友。我发火了，告诉他不能这么做。这时轮到他发火了。于是我更加愤怒了，他竟敢冲我发火。

挂了电话后，我一遍又一遍地想象他和那个女人一起走进举办派对的场所。我看着他们一起站在前门的过道上，尽管前门的过道狭窄得根本就站不下。我想象自己以某种粗暴的方式对待他。不过由于我坐在自己的房间里，然后站起来四处走动，在想象中举止粗暴，他不可能感受到我的粗暴，不管他身处何处。在那一时刻，我觉得似乎粗暴并没有什么错。

由于那个晚上我大部分时间都待在可以看见前门的地方，和别人聊天喝酒的同时在等待着他的出现，所以尽管人很多，这个派对却仍然显得空荡荡的。我意识的一部分总待在外面，浮游在黑暗宽阔的高速公路上，或沿着海边在高耸的加油站招牌之间滑翔，在他和他女朋友的车子里，他们坐在一起直视着前方的道路，迎面而来的车灯照亮了他们的脸，然后穿行在派对所在地附近的小巷里，那里所有的店铺都打烊了，空中低垂的云幕被市中心的灯光映照成粉红色，衬托出高高低低深色的棕榈树，以及远离公路建造在破损石墙和生锈铁栅栏后面高低不平长满野草的草坪上的那座旧灰泥平房。

次日凌晨我才从派对上回家。我在快到家的一个空寂无人的十字路口等候信号灯变灯，在紧盯着红绿灯看的时候，听了好几个小时嘈杂声的我重新落入静谧之中，沉寂之中不知从何处突然传来一阵震耳欲聋的音乐声，然后又戛然而止，我感到两三件事情同时向我做出某种启示。最终，除了一片空白，什么也没有。

下午，我坐在阳台上晒太阳，路边富有弹性的海无花果，花圃里长出了小小的淡紫色花朵，由于我对此毫无预料，这些花就像一份突然而至的礼物。附近其他植物上开着大一点的黄色花朵，垂靠在栅栏上的茂密的玉树花丛，那些小小的白色花朵，它们厚重、甜甜的柠檬味经常被风吹进窗户，或在我经过树下回家时迎面朝我扑来。

我在阳台上坐了好几个小时，躲藏在一棵树的树荫里，不时想到在动物园游玩的母亲和她妹妹，等着她们回来。这是一个很长的等待。他的愤怒飘浮在我的书页上。他曾经对我说，我还是那样在意他不是一件好事。实际上，我觉得，他生气是因为他想去那个派对。他的愤怒里有种孩子气，除了自己什么都不管。还有就是他在对我的一些问题说"不！"时突然爆发出的粗暴。

雪松上的哀鸠扑闪翅膀咕咕叫着。附近的笑声被一堵墙反射回来。一只风筝或是一只鸟飞上了远处的云端。

我母亲和她妹妹来这儿后我又开始想念他，就好像每换一个新的处境我都必须把他重新思念一遍似的。那天晚上，我离开她们的房间回到我自己的房间，不过没有把房门关上。我坐在折叠桌旁准备工作，可是只顾盯着窗户看。尽管时间还早，我却已经累得无法工作了，甚至累得无法上床睡觉。我把手头的工作推到一边，玩起了拼图游戏。一个小时过去了。夜晚的天气很温暖，花香和雪松的味道通过打开的窗户飘进屋里。和这些味道一起飘进来的还有街对面派对上的声音：突然爆发的大笑，钢琴音乐，使劲关上车门的声音。我母亲和她妹妹开始在过道里低声交谈，我确信是在担心我。随后我母亲，穿着一件柔软的睡袍，带着一种特使的神情走了进来，吞吞吐吐，闪烁其词，碰了碰我的桌角，想和我谈点什么。我不想说什么或者听别人说什么，我勉强和她说了几句，最终她走了。

她们的关注让我尴尬，我无法把拼图游戏继续下去了。我出了家门，步行离开了家。我的差事是去购买猫粮。小路安静黑暗。那只猫的肚子已经很大，我们等着它随时生出小猫来。我们很担心，因为它还那么年轻。我抽着烟走到小店，买了猫粮和一盒烟,离开小店前又点着一根烟。我沿着街道慢慢走着。我走到超市的停车场。迄今为止这事我已经做了太多次,几乎已成为一种习惯。这条路是我最有可能找到他的地方,如果我想要找他或他的车的话。夜里的一条黑暗小路总让我想起其他黑暗的小路,因此就似乎有了更多的空间来呼吸和思考,以及更多的可能性。即使离开了家,空气中仍然悬浮着一股浓烈的花香,来自别人家的花园。四下都有老人走动。我看见停车场里停着很多车,但没有他的车。我寻找过无数次,从来没在那里见到过他的车。

我上山朝家的方向走去。几棵树下最黑暗的阴影里,远离超市的灯光,一动不动地站着一位弯着腰的老人,抱着一大纸袋的食品杂货。当我走到他跟前时,他彬彬有礼地问我出了什么事:教堂和超市的停车场里停了那么多的车子。我花了一点时间把一件事情与另一件事情联系起来,等明白过来之后我告诉他另一条街上的年轻人在开一个大派对。他只说了声"谢谢",转身朝山上走去,我则回到了我自己的路上,更黑更窄的路。在跟老人周旋之后我回到了自己,我发现自己大部分的难受情绪都不见了,就好像他把它们带走了一样,带上山去了。他的尊严、他问题的简洁以及我的回答改变了一些东西。

夜里,等到那个派对安静下来后,我听到了有节奏的蝉鸣声,持续不断,远处黑暗中一只嘲鸟在唱一支不停变来变去的歌,唱了一遍又一遍,连着唱了好几个小时。淋浴的时候,我观察着一只被水浸湿的飞蛾在淋浴帘里面爬行。贴在灰色墙壁上的墙纸翘了起来,露出黑色的霉斑。等我上了床,床单上落有被风吹进来的深灰色沙土。

■

那之后我只见到过他两三次，好像一天天变热的春天在把他，一个潮湿的斑点，从我的生活里熨干。

一天傍晚他来到我家。他肯定从我站着或与他交谈的方式中看出我不再追着他不放了，因为他闲聊了几句，做出一两个姿态，似乎在邀请我再回到他身边。

出门到了街上，他四下打量着我住的房子和片区，他突然说道，好像是刚想起来，他也许可以住进我的车库。我和他下到车库里，站在昏暗的车库里面。车库里的光线足以让我们看见水泥地上的油迹。他问我他这么想是不是有点发疯。车库里面很干燥，闻起来也很干净。可以，我心想，他可以住在那儿，住在我的车库里，我们会把电灯修好，我会确保他不会有问题。我将让他待在我能看到他的地方，我可以看着他进出，他必须对我客气一点，因为他将要住在我的车库里。我不知道他是否打算带上女朋友。

但是玛德琳不同意。她说她无法忍受，不行，这么做对他没好处，不行，对我们也没好处，不行，在这样的片区你肯定不能让人住在车库里。

那之后，我觉得他不会再和我联系了。他为什么要费那个心？

我又在计划怎样把这件事写成小说，尽管它还在继续。我想让这个故事开始于阳光下并终结于阳光下。我想让这个故事开始于他的车库终结于一个不同的车库，我的车库。尽管他没有搬进我的车库，我会说他搬进来了。故事的中间将会有好几场雨。

不过我错了。过了没几天，他真的打来电话。那是在傍晚。背景里传来开怀大笑的声音。车库的事太遗憾了，他说。他说他其实不需要一个睡觉的地方，他只需要一个能工作的地方。他真正想要的是车库，不是那间空房间。嗯，没关系的，他说。

两周后他又打来电话，这次说他需要一个地方存放他的东西。他问我可不可以把东西存放在我的车库里。当时我正在打发我母亲和她妹妹上车，往车上装她们的行李。我肯定是说了我会给他回电话。我开车送她们去机场。我不记得是不是在那个时候我看见机场里有很多的士兵和水手，仿佛整个国家都准备好要参加一场战争。他们成双结对地游荡着，头发剃得很短，或是一声不吭地坐在父母中间，胳膊肘支在膝盖上，眼睛盯着地毯。我确实记得背景里的音乐与我们的情绪毫不搭调，无论是我家人的还是这些士兵的，还记得窗户外面的一个黑色的身影，四肢张开，在擦玻璃。在等候她们航班通知时我们没有交谈，都在用眼睛追随着这个身影的移动。

他真的把他的东西搬进了我的车库，不过我不记得他是什么时候搬过来的了。当时我还走下去看他往车库里搬东西，他和另一个男人。他们把东西从一辆小卡车上卸下来。我猜是一辆皮卡。

他把他的东西放进我的车库，玛德琳借给他和他女朋友一顶小三角帐篷，因为他们当时没有地方住。他们睡在支在校园茂密桉树林里的小帐篷里，白天继续去上课。整个五月或六月都几乎没见到他的人影。

那段时间里我见过他一次。我正步行经过校园内的餐厅，他在我身后喊我，可是我无法停下来跟他说话，他似乎有点伤心。看到他对我来说仍然是件痛苦的事情。不过我不知道这种痛苦仍然直接来自分手，还是我把某种熟悉的痛苦与我看到的他联系在了一起，并会一直这样持续下去，以至于到了今日，这么多年之后，如果见到他我还是会感到同样的痛苦，尽管这种痛苦与我生活中的其他事情几乎没有什么关联。

■

六月里镇上搭起了露天游乐场。晚上港湾的水面反射着海滨大道旁游乐场的灯光,色彩在摩天轮和其他游乐机上旋转着。远处摩天轮发出的声音像是穿过树林的风持续不断,刮个不停。现在夜晚已稍有凉意。悬浮在空气中的木头的烟味包围着街道,房子周围弥漫着一种像是金银花的味道。那间空房间,空荡而阴冷,充满了刺鼻的桉树味。

学期结束了,人们都已离开,有了长长的一整段时间,那个夏天,当小镇安静下来后,我独自一人的时间多到让我堕入一种奇特的萎靡状态之中,所有的东西都变得很夸张,包括我的感觉和做出的反应。我敏锐地觉察到房间里最微小的声音,在这座安静的房子里。有时这种声音来自一个生物,通常是一种昆虫,这些生物给人伴侣的感觉,因为它们以它们能有的选择能力,选择和我一起待在房间里。我和它们的任何邂逅,甚至包括对它们的观察,都成了一种私人化的相遇。

一只硬壳甲壳虫沿着房间天花板的边沿缓慢移动，在行进中确定着自己的位置。一只黄褐色的蛾子像一片木头似的吸附在墙壁上。一只灰色的飞蛾从壁橱里飞出来，径直朝我扑来，栖息在了我的眼镜片上。我走进厨房，看见地上有一只蟑螂，一脚踩死了它。躺在床上看书的时候，一只黑色的大飞蛾一头栽进我的水杯，在杯子里仰面朝上绕着圈扑腾。我继续看书。蛾子停止了运动，漂浮着，然后又开始扑腾。最终我用一张面巾纸把它捞了出来，等它休息够了，它又开始在灯光里飞进飞出，撞在我的书、我的眼镜和我的面庞上。我救了它一命，结果它却在继续骚扰我。不过虽然它精力旺盛坚持不懈，还是活不了多久。

那条狗总爱进到屋里来，动作轻得刚开始我总是注意不到。我会听到一声潮湿的咂嘴声，抬头便看见它正躺在房间对面角落冰凉的瓷砖上，愤愤不平地咬着跳蚤，神色焦虑，身上的毛硬硬的，像稻草一样枯黄。

没有生命的东西也有了生命，它们也成了我的伴侣：从我眼角闪过的在一缕散乱的风中越过桌面的一丝烟灰变成了一只跑跑停停、跑跑停停的蜘蛛。空白处的一个墨水字母变成了一只沿着书页往上爬行的小虫子。或者，头上的一绺头发成了某种正朝我头皮进发的小动物。

因为独自一人待得太久，我会去考虑怎样更合理地做事情，好像不管采用哪种方法把该做的事情做完还远远不够似的。我会设立一个奖励自己的系统：傍晚前不抽烟，比如，或者为一天里不同的时间段设置不同的活动。我说每天收到邮件后我会写一封信。但是我没能坚持下去。收到的信大多数我没有回。为了能让自己的脸晒点太阳，我会计划下午开始的时候向南方徒步。但是我没能坚持下去。尽管我喜欢严格的次序，似乎相信如果一样东西是一个次序的一部分，它会更有价值，但我很快就厌倦了次序。

很多我必须做的事情同时也是必要的，少数几件虽然不必要但却是好的事情，而其他的则是既没必要也不特别好的，比如躺在床上看书吃东西。不过要是这些事情能让我从那些好的或必要的活动中得到一些缓解，它们似乎也还是有用的。

孤独本身似乎在把我往下拉，就像重力一样，拉到了一个近乎迟钝的沮丧状态。当我想要思考的时候，我无法思考。我感到无知是我大脑的一种常态。我的大脑里面似乎什么都没有。我感到我的大脑和身体处在永恒不变的瘫痪状态：我考虑的每个备选方案都重要得让我无从下手，或者我考虑的每个行动总被一个不言而喻的批评所反驳。

一天晚上睡着后我开始做梦，梦里我在打听自己该怎样处理"愚昧"和"瘫痪"这两个名词，然后看见它们变成了两种不同的奶酪，我选择不吃其中的一种，因为它的味道不如另一种。我又梦见在一个危险场合我正要骑马穿过沙漠，但是听见一艘船的桅杆上高高挂着的骨头或像是骨头的东西发出的嘎嘎声。我又梦见，一束手电筒光在跟踪一只在门槛前惊恐地来回奔跑的小老鼠。

有时候，如果我和别人在一起，被问到一个问题却答不上来。我身体的主要部分似乎凝固了。我的大脑仍然在工作，在观察，以一种不带感情的方式，我却怎么也说不出话来——不能阐述一个答案，不能深吸一口气，不能移动我的舌头和嘴唇。

有的时候我甚至都听不懂他们的话：我只能看见它们悬浮在那里，像是被冰晶包裹着，听见它们在空中叮当作响。

这时，一个朋友给我写了封信。他用"最亲爱的"这个词来称呼我。可是不管我把"最亲爱的"和我的名字看上多少遍，也不能把它们联系在一起，因为它们似乎毫不相干。他在信的结尾处告诉我要"鼓起勇气"，我发现，出乎我的意料，只要看着纸上"鼓起勇气"这几个字，我就拥有了一分钟前还没有的勇气。

我把这封信装在信封里放在床边。每次看着它，朋友手写的我的姓名地址会变得醒目而正式，因为他的手在诉说着我的名字，重复着我是谁，住在哪里，用这样的方式更牢固地确定我的位置。

我梦见，在收到这封信的几天之后，我请求我的朋友帮帮我。但是在梦里，他没有高大到足以帮助我，他和现实中一样大小，并没强壮到有超出身体的轮廓。

■

一个男人来到院门前问一个问题,我在上面回答了他。他礼貌、文雅,除了那副古怪的眼镜还是蛮有吸引力的。在超市过道上我遇见另一个男人。比上一个要年轻,也花哨一些,他也蛮有吸引力,但是发型古怪。

我明白了康复的过程。我明白了随着时间的流逝其他事情怎样介入其中,就像砌起了一堵墙。事情在发生,然后随着时间隐退。新习惯在形成。我的生活状况发生了变化。

只要所有的东西还保持原样,似乎他就有可能回来。只要一切都还是他离开时的样子,他的位置就还在那里。但是如果事物改变到一定程度,他在我生活中的位置就开始闭合,他再也走不进来了,他要是想进来的话,就必须去找一条新的路线。

∎

  现在到了那个时刻,那个仲夏我最后一次见到他的时刻,他来把他的东西从车库里搬走,不过今天我的回忆与以前的稍有不同。他穿过院门来到阳台上,他在流汗,他停下来闲聊了一会儿,问我要杯水喝。不过我不确定他是否放松而友好。另一个女人的在场或者我的在场可能让他感到不自在,又或许是因为这两个女人在同时看着他。他可能笑不出来,说话的方式有点尴尬。我现在想起来他把他的东西从我的车库搬到一个朋友的车库里,而且后来我听说他把东西留在那里的时间远远超过了那个朋友的预期。

  一开始我很遗憾他在我那种状态中看见我,两个女人中年纪较大的一个,特别是当我意识到那是他最后一次见到我了。不过后来我想起来他喜欢各种各样的女人,有年纪大的也有年轻的。他不仅喜欢紧而光滑的皮肤或窄臀,或滚圆、丰满的乳房,他也喜欢宽大的臀部、沉甸甸的乳房、小而平的乳房、有赘肉的胳膊、粗壮的小腿、敦实的大腿、突出的膝盖、下巴和脸上松松垮垮的皮肤、脖颈处的肉褶、眼角的鱼尾纹、晨起后疲惫的面孔。如果他爱这个女人,她的每个有别于他人的部位对他来说都会变得特别珍贵,他会比这个女人自己还要珍惜它们。

■

夏日缓缓流逝，有人到我们家来，住上几天或一周，又离开了。我觉得玛德琳只告诉我，每一次都这样，有客人要来住几天。但是这里的安宁并没有被打破。要么是玛德琳告诉他们我们不喜欢吵闹，要么就是他们本来就喜欢安静，这些人蹑手蹑脚地进出房间，轻轻地打开、合上锅盖，用耳语说话。最安静的是一位穿长袍的女子，某种佛教徒，她走路慢、说话慢、回答别人也慢。她在水池子里把米淘干净后放到外面太阳下面晒干。我问她为什么这么做时她说她也不知道，是别人告诉她要这样的。

随着这些人的进进出出，玛德琳更易怒了，不过我不知道是是否有哪件特别的事情惹她生气了。中午很热的时候她会用烤箱烤红薯，以致一两个小时里厨房里热烘烘的，家里到处都是这股甜味。她或者把她的锅碗瓢勺藏在别人找不到的地方，然后待在自己的房间里，等别人走了才出来。

∎

又过去了几个月，我一直没有他的消息。经过加油站时我仍然要往里面瞟上一眼。尽管知道他已不在那里上班了，我仍然期望能看见他或他的车。后来我得知那顶三角帐篷连同里面的东西都被人偷走了，他和女朋友住到了朋友那里，又得知过了一段时间这些朋友要求他们搬走。我听说他们现在住在市中心，在城里，他在码头上夜班，给海胆装箱。

我想象半夜开车去海边的码头找他。他会满头大汗，装箱子抬箱子，他身后的海水会是黑色的，周围的仓库没有灯光，泛光灯照在码头的跳板和一艘停泊着的渔船上，漆黑的海水上漂浮着几块孤立的光斑。那里会有很浓的海的气味，死鱼的气味，汽油的气味。

他走过来和我说话时与他一起工作的人会停下手头的工作看我们几眼。他会显得疲劳，心事重重，恼怒自己的工作被打断了，因为这样一来夜晚似乎更漫长了，或是为我看见他在做这样的工作而感到难堪，或是因为有女人来访而在别的男人面前抬不起头来，又或者因为能从单调的工作中得到一点喘息而高兴，为有意想不到的客人半夜里来他工作的地方而在其他男人面前得意扬扬。

由于现在知道了他住在城里的某个地方，我试图找到他的电话号码，不过他好像没有电话。他可能欠电话公司的钱，因为在那段时间电话公司的一位女士不时给我打电话，每次都出乎意料地殷勤和理解，询问我在哪儿能够找到他。他肯定用我的名字做担保了。我也很礼貌，但我不知道他在哪里。后来我听说他没有付最后一张电话账单，而且他和女朋友用她的名字在另一家电话公司开户，他们也无法付那些账单。

我听到和商船有关的消息，又听说一个洗盘子的工作。我听说他办了一份杂志，后来搬到北方去了，又开始找工作。我抓住每个新的、零散的信息，把它添加到已知的信息里。有时候消息是中性的，来源也比较直接，有时候消息让人感到痛苦，通过曲折的路线到达我这里，先从一个被他侮辱过的女人那里传出来，传到另一个恨他的女人那里，而那个女人又把它传给另一个被他弄糊涂了、对他感到失望的女人，那个女人再传给了我。我总是充满好奇，想知道下一个与他的生活故事有关的信息，想象着他的结局。听到痛苦的消息时我想象一个糟糕的结局。我会去监狱探望他吗？

这些消息都是在我搬回东部之前听到的。埃莉还没有搬回东部，不过她会在我之前搬走，是她告诉我他现在结婚了。她告诉我婚礼是在拉斯维加斯举办的。他娶的那个女人的哥哥也在图书馆工作，离她很近，是他告诉她的。她告诉我这个新闻的那个下午，我穿着大衣坐在一张长条桌旁等她下班，面对着一面放满书籍的墙。这是稀有书籍部，位于一道上了锁的铁门后面。埃莉坐在我对面，面对着另一面放满书籍的墙。我们一侧的一幅拉上的窗帘遮住了窗外我熟悉的风景，图书馆后面的一条小峡谷。

告诉我这个消息后埃莉隔着一摞书看着我，问我是否难受。我一下子说不清楚，不过在向她解释的过程中我开始明白：从某种意义上说，他不再和我有任何关系了，所以我无所谓他现在的状况，但是听到他的每一条消息我都很难受，因为它让我想到现在他只是一个我听到他消息的人了，从别人那里，而且现在有好多与他有关的事情我都不知道，然而我想要相信该知道的我都知道了，我不知道的东西都不存在 —— 实际上，他本人并不存在，除了我所知道的他。

我们说话期间，那个女人的哥哥，如今是他的大舅子了，就在锁着的门的另一侧离我们不远的地方工作，整理书籍。他来回走动，消失在书架之中，又捧着一小摞书或推着一辆小车出来，有时停下来和一个朋友说两句话或回答一个陌生人的问题。只要穿着深色裤子和白衬衫的他一出现，我就盯着他看。

后来，和埃莉一起去乘电梯时我从他身边经过，他正伏在一张桌子上打电话。我再次盯着我能看到的那部分的他，他的身体和脸的侧面，仿佛尽我所能去注意他很重要。我强烈地意识到他和我之间的联系，可是如果他转过头来看我，只会看到一个陌生的女人。

不过婚姻实际上并没有改变我继续想他、观察他和搜寻他的方式，至少我大脑的一部分仍然在这么做，而另一部分则已经不再与他纠缠，离开了他。我不知道是因为彼时搜寻他已经成为一种习惯，还是因为我觉得他娶一个女人就像他会问我能否住在我的车库一样轻率，完全出于方便。

当春天再次来临时，他寄给我那首法文诗，只有这一次我可以确定，尽管我不知道，他一直在想着我。

■

事物在变化，随着更多时间的流逝，更多的事物发生了变化。那只小猫生出了小猫咪。玛德琳把它们放在她壁橱的地上。它们被跳蚤叮咬得衰弱无力，尽管玛德琳体贴入微地照料它们，不是她不知道该怎么做就是她不愿意那么去做，多数小猫咪还是很小的时候就死掉了。我们把它们一只接一只地埋葬在花园的红土里，在房子边上一棵大松树下面。玛德琳搬走后，那只猫留了下来，但它在野外生活，靠邻居们喂养。

房子的主人计划重新装修房屋并和前夫的孩子一起住进来，我们不得不搬走。我比玛德琳早离开，搬去了一栋供已婚学生居住的有点像兵营的公寓楼。气味不一样了，声音也不一样了。那附近有一片空地和一条峡谷，山坡上长着鼠尾草，天空中有乌鸦在飞，峡谷底部停着一辆黄色的推土机，从峡谷回到家里我皮肤上带着鼠尾草的味道，衣服上和指甲盖下面全是黄色的灰土。公寓内部散发着地上铺着的草垫子的气味，房间里也被黄色的尘土覆盖着。我听见峡谷里乌鸦的叫声,街对面球场上网球"噗噗"落地的声音中夹杂着打球人的喊叫声。我听见隔壁住家的说话声和脚步声,蚊子叫一般的歌剧片段,流水的声音,有点像鼓掌的声音,几乎从不间断,在卫生间里则像是窃窃私语或者呻吟,还有,下暴雨的时候,雨水迅猛地滚过平整的屋顶,碎石子滚落进水里发出的沙沙声。我在这个地方住了几个月。

玛德琳搬走后,一会儿住进这栋房子一会儿住进那座小别墅。她好像是在帮别人看家或者照顾病人。后来,过了一阵,我回到东部后,她给我写信说她现在不住在任何地方,不过我不明白她这句话的意思。我总是把给她的信寄到同一个邮政信箱。我只去看过她一次,那时她住在我们小镇上方小山顶上另一栋宽敞漂亮的房子里。那里是那条狗,那时已经很老了,最终死去的地方。玛德琳写信告诉我它的死讯时说狗的灵魂总萦绕在她身边。

玛德琳搬走后房子扩建了。她在好几封信里愤怒地对我反复唠叨那些漂亮的玉树花木被人砍掉了。我收到她的一封信里附有一张她做的项链的照片。照片里的她戴着那条项链,我能看见她的肩膀,但是她把自己的脸剪掉了。她在信里告诉我她又和那只猫住在一起了,但是她不喜欢那只猫,或任何猫。当我回信向她要一张有她脸部的照片时,她寄给我三张照片,照片里的她伸直胳膊把猫举到镜头前。那只猫,看上去很愤怒,已经长得很大了。

就在电话公司经常给我打电话的那段时间里，在我去赛车场和集市经过的那座狭窄的小桥边上，修建起了一座宽阔的新桥。新桥建成使用后，那座旧桥关闭了，随后又被拆掉搬走了。我意识到几年后没有人会知道这里曾有过这样一座桥。而且如果那片泥地上建起了房子，我确信会有那一天，大家都会忘记那里曾经是一片光秃秃的棕色泥土地，每年集会期间人们曾在那里停车，车辆在压出的车辙上上下颠簸。

■

  举办我邀请他参加的最后那个派对的朋友不久后就搬走了，以致我一直在想象的东西——举办派对的客厅，还有我一直觉得他会带着女朋友从那儿走进来的前门，生动真实得就像我还站在那里——从某种程度上说已经变得无法想象了，它们已经属于其他的房客。实际上，不仅仅是这些朋友，我在那里的朋友现在几乎都搬走了，不是搬离了那座城市或附近的小镇，就是搬出了我们认识时他们居住的房子，其中一些人从那以后我就没有再见到过，所以说我只能想象那些住在我从未见过的房子里的熟悉面孔。

  那个我一整晚都在等着他出现的派对所在的客厅与几个月前另一个派对所在的后院属于同一栋房子，在他的朗读会之后，酸橙树的树荫下，有飞机从头顶上飞过。但由于这两场派对间隔太久，氛围也不一样，对我而言，我发现我很难把它们拉近放在同一个地点。那时我和他从房子侧面的一道院门进到后院，没有从房子里面经过。当我们进到房子里去从冰箱再拿一瓶啤酒时,我们上了几截木头台阶从后门进到厨房里。不过厨房里的大部分东西并不是那天下午而是其他时间造访这座房子时留下的记忆,诸如去冰箱里拿另一瓶啤酒或去找厨用纸巾没找到,或在堆满锅碗盘子的水池里洗生菜。那天我们并没有进到饭厅,饭厅属于其他的记忆,那是某天晚上,或许是连着的两个晚上,在那张大餐桌上玩字谜游戏,还有一个生日派对,其间桌子的一条腿突然断掉了,生日蛋糕不是眼看就要滑落到地板上就是真的落到了地板上。

有些时候这些记忆是正确的,我知道,有些时候则很混乱。一张桌子放错了房间,尽管我不停地把它搬回到原来的地方,一个书架不见了,另一个取代了它的位置,一束光照在此前从未照过的地方,一个水池从原来的地方移开了一英尺,甚至,在一个记忆里,为了让房间增大一倍,一整堵墙都消失无踪。但是储藏室和台子上的食物永远是同样的,同样的嘈杂声,同样模糊的人影从我的视线中移开。

他或许会说邀请他参加派对的人不是我。他或许会说是举办派对的人邀请他的。而我说他不该和女朋友一起来则过于冒昧。他考虑到我的感受,最终,没有参加那个派对。

他有可能是对的。我所记忆的有可能是错的。我一直在尽可能准确地讲述这个故事,但是我可能会弄错其中的某些部分,我知道自己省略了一些事情又添加了一些事情，有意或无意。实际上，他可能会觉得这篇小说中的很多内容是错的，错的不仅仅是事实，还包括我的阐释。不过一共只存在三种事实，我看到的、他看到的，以及别人看到的，如果有人会关注的话。他们中少数几个肯定还记得一些，如果我向他们提起这些事他们肯定会就此发表评论，而这将会给这些事情一个完全不同的认知，或提醒我某件我已经忘却的荒唐可怕的事情，某件将迫使我修改我说过的每一件事情的事，但愿改动不要太大，假如还来得及的话。

小说里有一些矛盾的地方。我说他对我坦诚，又说他对我隐讳，我说他在我面前沉默不语，又说他话多。说他谦虚，又说他傲慢。说我对他很了解，又说我不懂他。我说我需要见见朋友，又说我经常独自一人。说我需要快速走动，又说我经常躺在床上不想动。要么就是这一切都是正确的，只是发生在不同的时间，要么就是我的记忆在随着我现在的情绪而变化。

∎

在宣称这部小说写完之前我想要先让别人看一下。我可能会给埃莉看,尽管她已经知道大部分的故事。我要给文森特看,不过要等我给别人看了而那个人认为小说确实已经完成了以后。在我自己认为小说完成之前我不能给任何人看。在给别人看之前我必须猜测它的弱点可能是什么,这样我就不会感到意外了。

文森特问我会给谁看时我提了几个名字,他说:"你不打算给男的看吗?"我加了一个名字,因为我没有打算把男人排除在外。

■

  我听到有关他的最后一条消息，从埃莉那里，是他穿着考究，至少很正式，意外地出现在城里一位我们共同的朋友的办公室。我不记得他为什么去那里。我不知道埃莉是知道了也告诉了我，还是埃莉也不知道。我觉得这和一个旧日的请求有关，不是需要帮忙就是打听消息。那时他在一家旅馆工作。

  现在埃莉住在西南部，她与我们共同的朋友的接触减少了，我不太会再听到与他有关的事情了。

■

  太阳落在了我卧室窗外后院上方的小山顶上。如果住在这边的沿海地区,他也许刚刚结束一天的工作,因为很多工作都会在下午五点就结束,或者他正在结束别的事情,比如在自己的房间里读了一下午的书。他也许正准备出门去城里比另一边沿海地区的街道更古老的街道上走走。

  他完全有可能住在另一边的沿海地区,但是那里现在刚刚下午两点这个事实,一天里我不喜欢的时段,让这个假设的可能性显得要小一点。

∎

    我从一开始就没有动过这杯苦茶，所以说在我花了很长时间寻找他最后的一个地址之后，坐在书店里的一张椅子上，累得动不了身的时候，别人奉上的这杯苦茶就是这个故事的终结有点说不通。然而我还是觉得这就是那个终结，我想现在我知道是什么原因了。

    不过首先我得问自己一个一直困扰着我的问题：我真的把那段插曲弄明白了吗？我是在看到书店里那个男人的表情时意识到他把我当作流浪汉的吗？后来我跟自己描述清楚那种表情究竟意味着什么了吗？还是后来我只是在自己的记忆里寻找那个男人的面孔，看着它，还有柜台后面他身体的姿势，一动不动或几乎不动，有点驼背，脸上流露出困惑的表情；我要么是从记忆里把这张面孔调出来，要么就是进到我的记忆里站在那个男人的面前研究这张面孔？我知道我后来从这张面孔上读到的东西肯定比当时那一刻要多，因为后来我拥有了更多的信息——比如，后来他动了恻隐之心而给我端来一杯茶，因此在最初他困惑的表情后面他已经动了恻隐之心或是正要动恻隐之心。

我觉得书店的这杯茶看起来像是这个故事的终结的原因之一，尽管这个故事在此之后还在继续，但我在那一刻的的确确停止了对他的搜寻。虽然我仍然觉得，偶尔地，我有可能在下一个拐角处见到他，虽然我继续收到他的消息，我再也没有试图通过电话或信件与他联系。

另一个原因，或许是更重要的，就是这杯茶，一位陌生人为我准备的让我从精疲力竭中得到些许缓解的那杯茶，它不仅仅是一种善意的姿态，来自一位不可能知道我的烦忧的人，而且还是一种带着仪式感的行为，仿佛一旦有了执行仪式的理由，奉上一杯茶就成为一种带有仪式感的行为，哪怕是一杯廉价苦涩的茶，杯子边上还吊着一个袋茶的纸标签。既然这个故事有过太多的结尾，既然这些结尾未曾结束掉任何东西，而是让某些事情继续下去，某些无法形成任何故事的事情，我需要以一种带仪式感的行为来终结这个故事。

译后记

一个无法终结的爱情故事

回首遥望逝去的爱情，人们往往会发出这样的感叹，"那是一段令人难忘（美好、痛苦、不堪回首）的往事"，我们借助回忆重拾旧事，往事在记忆中复苏。但是人的记忆是有选择功能的，属于人类自身保护机制的一种，是人类求生的要素。尽管我们都知道记忆的真实性值得怀疑，却很少有人能够像莉迪亚·戴维斯小说中的主人公那样，孜孜不倦，不依不饶，一而再，再而三地对一段逝去的爱情进行追究和考证，试图还原它最初的真相。读完这部小说之后，你或许会对记忆甚至爱情本身有完全不同的认知。

《故事的终结》的情节很简单。一个无名叙述者回忆反思一段与一个比自己年轻十二岁的无名男子之间已经终结了的恋情，这段经历渗透到她所做的所有事情中间——她在读的书、她在翻译的书以及她正在写的小说（也就是读者正在读的这部小说）。她借助记忆探索他们关系中的点点滴滴，试图找到这段恋情失败的原因，从而彻底把它终结。在此过程中，这个男人的身份特征逐渐消失，成为她小说的素材。在深挖自己记忆的过程中，一些场景被分解后重新组合，比如这个男人破碎的形象。一些印象和事实渗透到叙述者的意识和梦中：这个男人的皮肤、头发、衣服，他的魅力和缺陷、他的谎言、他的藏书、他欠她的钱，等等。随着叙事的推进，读者发现叙述者所说的故事经常前后矛盾，而这段借助记忆复现的恋情并非像她开始时所说的那么美好。叙述者并没有强调这段恋情对于她的重要性，又给她带来了什么样的愉悦和满足，读者似乎只能从她的叙述中得到与之相反的结论。尽管如此，叙述者并不想放弃这段恋情，即便她已和另一个叫文森特的男子住在一起，即便故事的男主角早已离开她并和另一个女人结了婚。当一切努力都宣告失败后，她不得不通过一个带有仪式感的行为来为这段恋情画上句号。

读完这篇看似简单的小说后，读者可能会产生困惑：相对于传统小说，这究竟是一类什么样的小说？小说中缺少传统小说中的时间、人物、地点等要素，也没有推动小说发展的对话。显然它的作者莉迪亚·戴维斯的这个独特文本给读者留下了足够多的延展和思考空间。

莉迪亚·戴维斯被誉为美国最具原创性的作家，她的写作以短篇小说为主，至今已出版了7部短篇小说集。楚尘文化近期出版了她的短篇小说集《几乎没有记忆》和《困扰种种》。很多中国读者已从中领略了她的短篇小说的魅力。发表于1995年的《故事的终结》是她唯一的一部长篇小说。和她的短篇小说一样，读者和评论家都很难给这部小说归类。戴维斯展示了一种全新的写作方式。极简的风格，小说中没有人物对话，小说的主角没有姓名（她甚至在小说中讨论如何为这部小说的男女主角命名），故事发生的地点也很模糊（东海岸、西海岸、西南部，等等），大多数情况下不对场景做过多的描述，但有时却对某个细节从不同的角度反复描述（而这些描述有时又是互相矛盾的）。此外，戴维斯写作的另一个特点是极少采用意象，在接受《巴黎评论》采访时她曾就此做过解释："我避免采用隐喻。如果非要问我为什么，大概是因为我想要对事物保持专注，而隐喻总会立即使我分心。"以上这些仅仅是这个独特文本的部分特征，读者通过自己的阅读可以发现更多的东西。

有评论家认为，戴维斯的写作深受法国哲学家、文学理论家和作家莫里斯·布朗肖（Maurice Blanchot）以及法国超现实主义作家米歇尔·雷里斯（Michel Leiris）等人的影响，戴维斯在接受采访时也曾说过她的写作侧重于"哲学探讨"，所以说她的作品几乎全部落入短篇小说的范畴并不让人感到意外。短篇小说是一种与沉思、断想和冥想有着亲密关系的写作形式。出于这样的原因，人们很容易把她（一位写作了三十年的作家）唯一的长篇小说看作一个异数。实际上并非如此，她的这部长篇小说充分展示了她关注的主题的一致性和她知觉的专注度。

虽然戴维斯的写作倾向于哲学探讨，但与某些借助哲学标榜自己写作的作家不同，她始终是一个"文学本位者"，哲学则作为一种构思方式在开拓文本的向度上给了她足够的支持。她通过拷问自己的记忆和写作，用小说的阐释方式践行了布朗肖的哲学思考：对于任何一件发生的事情，首先存在叙事个体对它带有偏见的经历。当叙述一个事实时，经历者的偏见已不知不觉地融入其中。而在将来的某一时刻回忆这个事件时，记忆的易损易错机理又进一步将其变形异化。"我的记忆经常是失实的、混乱的、残缺不全的，或是重叠堆积的。""有些时候这些记忆是正确的，我知道，有些时候则很混乱。一张桌子放错了房间，尽管我不停地把它搬回到原来的地方，一个书架不见了，另一个取代了它的位置，一束光照在此前从未照过的地方，一个水池从原来的地方移开了一英尺，甚至，在一段记忆里，为了让房间增大一倍，一整堵墙都消失无踪。"最后，当叙述者借助写作来梳理这个事件时，事实再一次被扭曲变形了。

布朗肖认为，写作只在处理事件的影子，所以说其本身是投射到影子上的影子。戴维斯则通过情节的多次变形让人物、事实（其实质是虚构）和叙述者的立场产生了多层次的呼应与背离，从而最终形成文本本身的不确定性。而这种不确定性，则是文本张力的最佳表现。这部小说中的每一个人物、每一个事件都源自叙述者的记忆。但叙述者在小说中多次质疑自己的记忆。

我说他对我坦诚，又说他对我隐讳，我说他在我面前沉默不语，又说他话多。说他谦虚，又说他傲慢。说我对他很了解，又说我不懂他。我说我需要见见朋友，又说我经常独自一人。说我需要快速走动，又说我经常躺在床上不想动。要么就是这一切都是正确的，只是发生在不同的时间，要么就是我的记忆在随着我现在的情绪发生变化。

这些互相矛盾的记忆让读者对叙述者记忆的真实可靠性产生了怀疑，进而对叙述者所描述的爱情产生怀疑。雷蒙德·卡佛的小说《当我们谈论爱情时我们在谈论什么》中的男主角在讲到爱情的不可靠时说过："所有这些我们谈论的爱情，只不过是一种记忆罢了。甚至可能连记忆都不是。"而在戴维斯的小说里，记忆中的事件不仅随着时间和叙述者的情绪在变化，叙述者的"元叙事式反思"继而让读者对这部小说里所有的故事产生了怀疑。"我看出来我把事情的真相做了一点挪动，某些纯属意外，但其他的则是故意为之。我重新编排实际发生过的事情，使得它们不仅更易于理解，更可信，而且也更容易接受或者说看上去更好了。"第一人称写作往往会让叙事具有某种不可靠性，而这部小说中的"我"在叙事过程中对自己的公开质疑则把不可靠叙事推向了极致。读完戴维斯的这部小说，读者会因为怀疑记忆从而对以往的爱情产生怀疑，甚至更进一步，对已知存在的事物产生怀疑，并得出作者并非借助回忆来回味这段恋情或寻找其失败的原因，而是在探究她的大脑怎样欺骗自己，从而阻断和掩没这段实际经历的结论。

在翻译过程中我体会到，同时从事写作和法国文学翻译的戴维斯是一位注重文体的作家，这部小说中大量的"元叙述"也阐明了她的写作理念。她在动词时态和助动词的使用方面非常严谨，有时候一个微妙的时态变化会让一个段落具有完全不同的意境。她避免使用缩写，在她的一部新小说集《不能与不会》里，其中一个短篇就是讨论是否要采用缩写。戴维斯不喜欢过于夸张的词汇，使用的词汇大多不温不火，但她非常注重语法和语调。喜欢用超长句，有时候采用一长串的修饰语句修饰一个名词，像俄罗斯套娃一样层层相套。这种长句式带给翻译的挑战是如何在考虑中国读者阅读习惯的同时，保留作者独特的风格。戴维斯喜欢在小说的不同段落里对某个事物做重复的描述，但角度不一样，以此强调人的认知在随着时间和环境发生变化。实际上，这部小说在结尾处又回到了开头的场景里。小说的英文名"The End of the Story"可以有多种翻译。英文"story"本身就有小说的意思,而作者在小说中自始至终在写一部小说,并在为她写的小说寻找一个恰当的结尾,所以我可以把书名译成"小说的结尾"。但是,这部小说主要是在讲述叙述者如何通过回忆和寻找来终结一段失败的恋情,所以我觉得译成"故事的终结"更加切合小说的主题。

评论家迈克尔·霍夫曼(Micheal Hoffman)认为戴维斯的小说是美国小说的另类——不确定、不详细。她更注重于"遗忘、困惑、反思和焦虑"这些主观性极强的感受,与传统小说中那种为了加强读者的信赖感而竭力追求文本真实感的处理方法大相径庭。评论家戴维·温特(David Winter)在评论《故事的终结》时借用了法国结构主义理论家和文化评论家罗兰·巴特(Roland Barthes)的"书"和"相册"的概念。戴维斯的小说与传统意义上的小说,即所谓的"书"不同,不注重故事的完整和全面,它更像一本"相册",只记录事件的某一个侧面和片刻,所以看上去"不完整"和"混乱"。不完整的写作有很多先例,比如卡佛等人常用的"省略""空缺"和"开放式结尾"的手法。不过戴维斯通过对人物和事件的碎片化处理,把不完整写作推向了极致。在戴维斯的笔下,过去的人和事逐渐融化成碎片,而且通过失真的记忆,它们变得越来越尖锐。《故事的终结》既可以看作叙述者仪式性地"终结"了的故事,也可看作一个高深莫测没完没了的故事,一种不同形式的

"开放式"结尾。巴特说过:"相册是书的未来,就像废墟是纪念碑的未来一样。"或许戴维斯的碎片式写作会是小说未来的形式之一。

小二
2017年2月于上海